U0040874

戲仿代帖

現名詩百

張默著

編

*為女詩人，共39家。

詩的海埔新生地　　　　　魯　蛟

——讀張默新著《戲仿現代名詩百帖》

1.

　　詩人張默，在台灣詩壇上詩詩文文一甲子，為詩效勞六十春。行動快，點子多，妙計迭出，屢創新局。數月以來，於創作和書法外，又熱心投入了「戲仿」詩的創作，並於七月三日和十月十日，先後在《聯合副刊》發表了〈非夢的小調——仿瘂弦名詩《如歌的行版》〉和〈探索——仿覃子豪名詩《追求》〉二詩。這段時間，他的戲勁方酣，仿趣正甜，欣欣然端出了這本別具風格的《戲仿現代名詩百帖》。如果這是一項新詩體的實驗，他已實驗成功；如果這是一次藝術創作的挑戰，顯然的他是勝者。張默的戲仿之舉，有如在詩的原野上，開發出了一塊海埔新生地。

　　「戲仿」是一種新的詩體，是詩藝術的擴大與延長，沒有理論可供遵循，也沒有標準以資檢驗，創作和欣賞，全憑個人的筆力和眼光，領悟和智慧。

2.

　　在細賞了一百多首名詩及其仿詩之後。深深覺得，所謂的「戲仿」，也有其嚴肅的一面，寫起來並不容易，甚至比創作還難；創作有時可以靠靈感之助剎時成篇，而仿作則需要另闢蹊徑，獨通一方，尋找那個替身。苦思苦想，一詩之成換得白髮一根。

　　先看看下面這兩首詩：

原詩：覃子豪〈追求〉
大海中的落日
悲壯得像英雄的感嘆
一顆星追過去
向遙遠的天邊

黑夜的海風
括起了黃沙
在蒼茫的夜裡
一個健偉的靈魂
跨上了時間的快馬

仿作：張默〈探索〉
大漠裡的蒼鷹
猖狂猶若壯士之斷腕
一匹雲划過去
向幽渺的遠空

靜僻的暗夜
大風來唱歌
在時間的額上
一個傲岸的長者
鞭策著滄浪的野馬

　　把〈追求〉另命新名為〈探索〉，在意義上來說，是很
恰當的，符合了作者在後記裡所說的：「本人仿詩與原作保
持對面的立場」的意旨。看起來創造這麼一個題目相當容
易，其實，東尋西覓百般搜求，非常困難。接下來就是仿的
重頭戲了。
　　覃詩只有九行，卻是短語快說，暗藏玄機：大海、落

日、悲壯、英雄、感嘆、一顆星、天邊；黑夜、海風、黃沙、蒼茫、靈魂、時間、快馬。不管是名詞還是動詞，詞詞清冷，句句蕭索，打造了一個昏天黑地陰濛淒涼的畫面和氣氛。張默如何去探索並營建另一個與原作不同但是距離不遠的新詩境，是很頭痛的事。後來他終於搬出了大漠、蒼鷹、猖狂、壯士、斷腕、一匹雲、遠空；僻靜、暗夜、大風、額卜、長者、滄浪、野馬等詞以對，不能說是如何完美，但是那原有的畫面和氣氛，都在。特別是，他也把這首詩的靈魂——時間，完整的留在詩裡。細看看，完成這樣的一首仿詩，要花多少的時間和心血。張默在後記裡說：「我在戲仿時，更十分注意語言的精省，意象的集中，感覺的突兀，情緒的滄浪⋯⋯等等之化合」，他這首九行的仿詩，正是如此。

再來看看瘂弦的〈如歌的行版〉，在這本詩集裡，它幾乎是最長的一首。二十行的〈如〉比起九行的〈追〉，句組、意象、技巧，要繁複得多，仿寫的難度更高。在這首詩裡瘂弦以十九個事物，貫穿十九個「之必要」，波浪般的向前湧動，詩的音樂性跟著浮起，生動活潑，步步生輝。最後，以更具深意的四句詩來壓軸，讓整首詩結構緊密，不見縫隙。

為這樣的一首詩來新塑「分身」，談何容易？而老手張默，乃登高一呼，徵集另外的一批事件物件，一起助陣，以十八個「之一刹」來呼應，可謂聰伶敏慧，智取先機。雖然在第二段第三行中少了「一刹」，既無傷到詩的筋骨，也未波及詩的氣勢。

集內的其他各篇，不論長短，皆循此一模式完成，其體質與樣貌，均可與前述二詩同觀。事有「舉一凡三」之說，今僅舉二詩為例，是寓「舉二凡百」之意！

特別要說的是，我在這趟閱讀過程裡，看到張默對尋找和選取戲仿對象的嚴謹與細密；他不僅在世代上要老中青三代兼顧，還要注意到他們及其作品的代表性。就連找幾位朋

友寫點介紹文字，也是如此。這些工作十分繁瑣，張默做起來卻比較容易，因為他有長期而豐富的編選經驗，對台灣詩壇的情況、詩人詩作的位置，可謂瞭若指掌。

另有二事值得一提：

一、是題目問題，此有三式可供選擇——全用原題、另命新題、兩者混用，作者採用後者。優點是具有彈性，便於發揮，缺點是看起來少了一致的感覺，但不影響大局。

二、是「名詩」問題，什麼程度才叫名詩？集子裡的詩作是否都夠格稱為名詩？這個問題比較難解釋，可是，你也不能在同一本集子裡級分二階！張默把它們一視同仁是對的，是禮貌也是尊重。

3.

賞閱既畢，隨即有了一些想法和看法：

張默出版這部詩集，具有下列意義：

個人方面——

1. 表現出他在詩領域裡的創作潛能。

2. 毅力、韌力、進取力、爆發力的表現

3. 證明他八十三歲的手腦還能對應新的挑戰。

對台灣詩壇——

1. 倡導並實驗了一種新的詩體。

2. 替愛詩者闢逐了一條可以試探的詩路。

3. 創造了一個可供討論的話題。

「戲仿」詩集一出，它就在詩壇上獲得了一個位置，也在茂密的詩叢裡取到一個名號，假以時日，也許會有人效之仿之推廣之。有一天，如果舉辦一次戲仿詩大賽，說不定會奇花異卉，萬紫千紅的，燦爛一番。

樂見這本立意新穎的詩集誕生。

註：為淨化版面，「戲仿」的「」，多數省略。

挑戰之必要，妙趣之必要

羅任玲

　　二〇一三年酷暑某日，我收到張默先生寄來的《戲仿現代名詩十六家》手抄珍本，窗外除蟬嘶之外萬籟悠寂。我從牛皮紙袋內取出頗有古意的手工裝訂本，翻開一看，除了每首詩都用毛筆抄寫，十六首內容各異其趣，每一頁還蓋了幾枚詩意的章子。可賞可玩，走走停停。有時今日讀一首，明日觀兩首，擱在案上，過幾天再讀，又可讀出不同的趣味。可惜的是只見仿詩不見原作，無從比較。我打電話謝謝張默先生，那頭傳來他洪亮的招牌嗓音：「好玩嘛！好玩嘛！」簡短寒暄幾句便掛上電話。我心想：前輩詩人也許真的只是心血來潮，暇時玩玩而已。沒想到夏天的腳步尚未離開，某日我又接到張默先生電話，說總共已寫了一百一十五首戲仿詩（後又增補為一百三十四首），打算正式出版，並囑我寫一篇短序云云。幾天後，我收到厚厚一疊詩稿，這次附上了原作，並置之下一目瞭然。我先看仿詩，再看原作的廬山真貌，然後比較它們之間的軒輊，的確好玩。

　　「好玩」的原因在於戲仿詩既是挑戰的，又是妙趣自生的。先說挑戰的部分：「戲仿詩」基本上很像擂台賽，同一首歌，前一個人唱過了，而且唱得不錯，後一個人在眾目睽睽下要再唱一遍，沒幾分膽量是上不了台的。比唱同一首歌更難的是，戲仿詩根本就是一種「限制性」創作，它既受限於原詩的句法，又得重啟新局，擺脫原詩聲色氣味的羈絆，這自然是一大挑戰；其次，所仿之作非一、兩首，而

是一百三十四首，龐大工程不僅考驗選詩者的眼光，如何在一百三十四首仿作中展現齊一水平，更非易事。

再談「妙趣」的部分：張默先生說過，他的仿詩與原作採取對面的立場，我以為這「對面的立場」正是整本詩集「異質趣味」之所在。仿詩與原作孰優孰劣是見仁見智的問題，然而讀詩、寫詩多年，我益發覺得「妙趣」對一首詩乃至於整本詩集的重要性。而這妙趣，說穿了就是一種新鮮的視角。它像一顆飛翔且發光的種子，使沉重的主題輕盈起來，讓陰霾的雨日因而明亮。集中所仿的短詩本就充滿妙趣，有些更出自愛詩人豔羨的絕版珍本，例如周夢蝶《孤獨國》的〈剎那〉、羅智成《畫冊》的〈原野之房間〉等等，讀到這兩首詩時我就想：待會兒張默先生要如何「打擂台」啊？而當我咀嚼完周、羅二家的詩作，再細讀張默先生的仿詩，不禁會心微笑起來。微笑的原因是張默先生把一首妙詩「改裝」成另一首妙詩，不僅外表「易容」，內裡也生出另一番內涵和趣味。這種新鮮有趣的讀詩經驗，確實是前所未有的。當然，集中還一些妙不可言的仿作，「不可言」並非真的不能說，而是它們需要有心人細品慢讀，各自玩味。我始終覺得一首好詩若有廣大空間就無須強作定解，尤其最忌逐字逐句解剖，最好十個人就有十種讀法，自由心證豈不更美妙也更有樂趣？

附帶一提的是，張默先生的「快」亦是一絕，與他合作過的出版社都知道，不必三催四請，往往離截稿還有一大段時間，就已劈里啪啦弄好，甚至親自送到了。我不知這樣的速度和他的軍人性格有無關聯，但鐵定和他的「樂在其中」有莫大關係。一般人眼中的苦差事，張默先生卻總能津津有味地嚼出其中妙趣。是的，又是妙趣。數十年如一日的《創世紀》如此，三個多月就完成的《戲仿現代名詩百帖》亦如是。

這是一本讓人快樂的詩集，光看一百三十四首精選原

作，便已令愛詩者目不暇給，再加上等量齊觀的仿作，就讓此書更添逸趣了。我喜歡這般風雲際會的饗宴，也不覺得張默先生的仿詩會如他所說的「隨著時間灰飛湮滅」，反而因為種種靈思的撞擊，生出更多可能。讀完這本有趣的詩集，或許你也會開始問：「只能這樣寫嗎？還有沒有別的途徑？」那麼，就讓我們各自去張望，尋覓那掩映的詩之小徑吧。

探　索

——仿覃子豪名詩〈追求〉

大漠裡的蒼鷹
猖狂猶若壯士之斷腕
一匹雲划過去
向幽渺的遠空

靜僻的暗夜
大風來唱歌
在時間的額上
一個傲岸的長者
鞭策著滄浪的野馬

追　求

覃子豪（1912-1963）

大海中的落日
悲壯得像英雄的感嘆
一顆星追過去
向遙遠的天邊

黑夜的海風
括起了黃沙
在蒼茫的夜裡
一個健偉的靈魂
跨上了時間的快馬

・本詩選自《覃子豪全集》（一），全集委員會

鷹的放歌

——仿紀弦名詩〈狼之獨步〉

吾是天地間高來高去的一隻鷹
非關狂妄，僅是一剎那的唏噓
而常任諸多風驟雨急的鼓點
敲擊那浩瀚無際的青空
讓青空驚悚似得了失憶症
且拎著感覺輕輕的，輕輕輕輕的
那確是異樣驚心

狼之獨步

紀弦（1913-2013）

我乃曠野裡獨來獨往的一匹狼
不是先知，沒有半個字的嘆息
而恆以數聲悽厲已極之長嗥
搖撼彼空無一物之天地
使天地戰慄如同發了瘧疾
並刮起涼風颯颯的，颯颯颯颯的
這就是一種過癮

・本詩選自《新詩三百首》下冊，九歌版

飽　滿
──仿吳瀛濤名詩〈空白〉

想起飽滿如何去填呢

幽冥或大千
以及童稚遙遠的事

似大海撈針
或許撞及吾的前世

它是不是還在另類人寰
歌唱尋歡一切俱是無涯無底

哦！當下，空洞的汪洋究竟誰能握得住

空　白

吳瀛濤（1916-1971）

要在空白填些什麼呢

蒼穹或海洋
或是少女透明的夢

像貝殼聆聽
就會聽見一些什麼

那是不是季節帶來的風
或是從那兒來的黃昏的跫音

啊，此刻，該在漸暗的窗邊點亮燈光吧

·本詩選自《新詩三百首》上冊，九歌版

永　恆
——仿周夢蝶名詩〈剎那〉

因吾偶爾的回想起
吾是想吸納一切時，
吾感受吾的心
似飛天的巨鷹
在前後奮力的飛越與飛越……

一剎——
恆常凝固於「當下」的一刻；
山巒小若雁翼，
吾悄悄地把它拎著
撲向永恆。

剎　那

周夢蝶（1912-2014）

當我一閃地震慄於
我是在愛著什麼時，
我覺得我的心
如垂天的鵬翼
在向外猛力地擴張又擴張……

永恆──
剎那間凝駐於「現在」的一點；
地球小如鴿卵，
我輕輕地將它拾起
納入胸懷。

・本詩選自《孤獨國》詩集，藍星詩社

給蚊子取個榮譽的名稱吧

——仿陳千武名詩〈給蚊子取個榮譽的名稱吧〉

唧唧不休地　每天
停在我修長的手臂上
說是小憩
小憩　可是它吃人的血是非常兇猛的
請問
那些蚊子是無依無靠
那些蚊子是讓人討厭
在我的手臂上
在肥碩的天地間
我的手愈來愈寒冷了

給蚊子取個榮譽的名稱吧

陳千武（1923-2012）

嗡嗡不停地　飛來
叮在我癱瘓的手臂上
說是過境
過境　就抽一絲利己的致命的血去了
究竟
有多少蚊子真正無依
有多少蚊子值得同情
仕我的手背上
在廣漠的國土裏
我底手越來越癱瘓了

・本詩選自《現代詩導讀》（一），故鄉版

蝶之美學
──仿羊令野名詩〈蝶之美學〉

以彩繪點閱人生
在樹叢　我是異常忙碌
與不羈的花草們戲耍終日
樂而忘憂

自陶潛的五柳逸出
自清照眼裡逍遙
不覺憶起我是追夢者
穿越黑與白的窄門　我依戀眼前歲月

拋卻俗念喜歡集體旅行
且誦桃花源　作濠上之假寐
但我　絕對目空一切
在標本室裡惦念歷史風化

蝶之美學

羊令野（1923-1994）

用七彩打扮生活
在風中　　我乃紋身男子
和多姿的花兒們戀愛整個春天
我是忙碌

從莊子的枕上飛出
從香扇邊緣逃亡
偶然想起我乃蛹之子
跨過生與死的門檻　　我孕美麗的日子

現在一切遊戲都告結束
且讀逍遙篇　　夢大鵬之飛翔
而我　　只是一枚標本
在博物館裡研究我的美學

　　　　　　　　　·本詩選自《叫花的男人》詩選，爾雅版

風景2

——仿林亨泰名詩〈風景2〉

　　木麻黃　的
　　彼端　依然
　　木麻黃　的
　　彼端　依然
　　木麻黃　的
　　彼端　依然

可是阡　還有陌的眺望
可是阡　還有陌的眺望

風景2

林亨泰（1924-）

防風林　的
外邊　還有
防風林　的
外邊　還有
防風林　的
外邊　還有

然而海　以及波的羅列
然而海　以及波的羅列

・本詩選自《六十年代詩選》，高雄大業版

冷的方程式

──仿彩羽名詩〈冷的方程式〉

酷愛動的
俱仰泳在青空
酷愛飛的
俱隱匿在風中
吾低著頭的肩膀把不可捉摸的風雨向上再舉高
吾的眉際
然後
滑落到廊下

誕生一幅輕水墨

冷的方程式

彩羽〔1926-2006〕

喜歡流的
都浮沉在水裡
喜歡飄的
都消失在雲中
我抬起頭來的雙肩把累積的風雨舉高而堆升到
我的髮尖
而後
降落到大地

即成爲皚皚的雪

・本詩選自《新詩三百首》上冊，九歌版

重　量

——仿杜潘芳格名詩〈重生〉

殘破的經卷
加
泛黃經卷。

吾的愛
且任喜歡傾聽的經卷
長著會飛的腳
眺望。

重　生

杜潘芳格（1927-）

黃色的絲帶
和
黑色絲帶。

我的死
以桃紅色柔軟的絲帶
打著蝴蝶結的
重生。

·本詩選自《二十世紀台灣詩選》，麥田版

黃　鸝
——仿季紅名詩〈鷺鷥〉

在月升時
尚未回巢的一隻
黃鸝。
在不太喧鬧的晚上
　　　在近處的一聲
　　　　　　　催促。

恍如一幅潑墨
在安靜的，意猶未竟的
　　　　對視中

　　　（一種祕笈）。

鷺　鷥

季紅（1927-2008）

在日沒後
仍未歸去的　一隻
鷺鷥。
在不清楚了的空中
　　　在深處的一個
　　　　　　　招喚。

猶之一個意志
在不寧的，未之分明的
　　　　回憶中

　　　（一種煩倦）。

・本詩選自《六十年代詩選》，高雄大業版

雀榕再見

——仿洛夫名詩〈沙包刑場〉

一隻隻鷺鷥自斜陽中飛了出來
放眼水上
傾聽城外還有人高聲獨唱
自我的輓歌

橫躺在巨石上的一株雀榕迎風起舞
一幀蒼茫的臉
從天際滑落

沙包刑場

洛夫（1928-）

一顆顆頭顱從沙包上走了下來
俯耳地面
隱聞地球另一面有人在唱
自悼之輓歌

浮貼在木樁上的那張告示隨風而去
一付好看的臉
自鏡中消失

・本詩選自《洛夫詩歌全集》（一），普音文化版

白堤楊柳

——仿余光中名詩〈空山松子〉

一片楊花飄過來
無聲復無息
誰能去捉住它呢？
遍地的落花與落雪？
遍地的皓皓與棉絮？
突然一陣小雨點？
　　滴滴答
　　答滴滴
一片楊花飄過來
任白堤冷冷頂著

空山松子

余光中（1928-）

一粒松子落下來
沒一點預告
該派誰去接它呢？
滿地的松針或松根？
滿坡的亂石或月色？
或是過路的風聲？
　　說時遲
　　那時快
一粒松子落下來
被整座空山接住

・本詩選自《余光中詩選》第二卷1982-1998，洪範書店版

嬰　兒
——仿錦連名詩〈嬰兒〉

最天眞的嬉笑，
　蕩漾著，
　開花……
　流動著，
　擴大……
情與趣的，
有肌理的，
有動感且帶有母性的，

抓不住的月亮。

嬰　兒

錦連（1928-2013）

七原色的哄笑，
　滴落著，
　閃耀……
　漩渦著，
　放散……
光與影的，
有皺紋的，
有彈力且兼有磁性的，

跳動著的肉球。

・本詩選自《六十年代詩選》，高雄大業版

冷

——仿向明名詩〈冷〉

冬晚。窄窄的書房
半盞窄窄的光
鳥羽式的抱著
一個瘦瘦的長者
且大搖大擺地
通今
博古

就長桌，翻著
唐宋清的殘卷
徹夜未眠
詩神不死
靜候
一枚蠹魚
緩慢的囈語
今宵
寒

冷

向明（1928-）

入夜。小小的斗室
一盞小小的燈
鳳蓋般的擁著
一個小小的影子
就可天可地的
出唐
入宋

從四壁，隱聞
遠古的朝賀聲
破夜而至
尤帶蒼勁
直至
一隻燈蛾
撲翅的喊出
一聲
冷

·本詩選自《向明集》，台灣文學館

開　窗
——仿管管名詩〈推窗〉

開窗
花香四溢
眾樹狂草鶴立
想升天嗎

推　窗

管管〔1929-〕

推窗
鳥聲驟止
一樹當胸而立
要談談嗎

‧本詩選自《管管‧世紀詩選》，爾雅版

五官素描・眉
──仿商禽名詩〈眉〉

沒有翅膀
而是想飛的鳥

在額與嘴之間
不斷塗鴉

眉

商禽（1930-2010）

只有翅翼
而無身軀的鳥

在哭和笑之間
不斷飛翔

· 本詩選自《用腳思想》詩集，漢光版

小詩詠

——仿魯蛟名詩〈小詩詠〉

字字奇絕
句句鮮脆
在微微的眉睫間燦然開花
（料峭又晶瑩，晶瑩又料峭）

蘇東坡埋首讀著
李商隱開懷吟著
王白淵擊掌歌著

小詩詠

魯蛟（1930-）

粒粒鑽顆
串串珠玉
自妙妙的筆尖上倏然而出
（袖珍的巨大，巨大的袖珍）

陳子昂含笑讚之
李太白鼓掌迎之
胡適之頻呼好之

‧本詩選自《舞蹈》詩集，爾雅版

片　思

──仿丁文智名詩〈只想〉

在歷史的大漠
獨步
絕
不忘讀經

片思
悠然回首
卻讓斜陽釣走了
來生

只　想

丁文智〔1930-〕

在時間的荒原
疾走
而
不爲尋春

只想
再看一眼
剛被夕陽擄走的
影子

・本詩選自《重臨》詩集，爾雅版

巴黎登塔

——仿大荒名詩〈康橋踏雪〉

終於攀上巴黎鐵塔
把塞納河輕輕舉起

當下青天小如飯粒
壓垮雙叟

註：「雙叟」為巴黎左岸一著名咖啡屋。1924年法國詩人布魯
東曾在此草擬「超現實主義宣言」。

康橋踏雪

大荒（1930-2003）

老天磨了一夜米粉
清晨牽著驢子走了

我穿上嶄新的糕模
沿路壓花

· 本詩選自《大荒短詩選》，香港銀河版

蝗　變
——仿曹介直名詩〈月季〉

倉皇莫若此。
牠許是人間美名遠播的食客
（有一點像蚱蜢，露著
銳利的嘴和鐵胃）
總是成群結隊要翻天覆地

特別是農忙的時節
牠是王，帶領著大批徒子和徒孫
　　　在綿延百里的阡陌間
　　　狠狠啃著咬著
倉皇莫若此。

不管人類在拚命呼號
搶救，不捨晝夜
恍若黑壓壓的天轟然崩塌

月　季

曹介直（1930-）

悲哀即在此。
妳不是象徵神聖的那種花卉
（雖亦屬薔薇科，具有
羽狀複葉以及刺）
沒有什麼幸運會選擇妳們

而某些襤褸的時刻
我的神，卻因妳的存在而得救
　　得以保持半臉莊嚴於
　　光影的交替中
悲哀即在此。

我們的悲哀曾如此地
互視，而且固執
如兩片黑玻璃之驟然疊合

　　　·本詩選自《星空無限藍──藍星詩選》，九歌版

阿蒙神殿
——仿麥穗名詩〈水壩廣場〉

於當下抬一下頭
踩一下深重的長廊
歌聲隱約從遙遠的
高聳入雲的巨柱
拍擊著一根根
石的清香

> 附記：「水壩廣場」為阿姆斯特丹著名景點。「阿蒙神殿」為
> 埃及著名景點，以一百三十四根擎天巨柱聞名。筆者曾於2000
> 年二月，2005年七月，先後參訪這兩大名勝，至今回想，猶覺
> 興味盎然。

水壩廣場

麥穗〔1930-〕

在這裡彎一下腰
敲一下腳底的大地
回音卻發自深埋的
成千上萬根木樁
夾雜著一波波
水的激盪

·本詩選自《追夢》詩集，詩藝文版

起　點
——仿周鼎名詩〈終站〉

暢哉

放浪於最初的狂想
用一帖米芾
用一帖酒

用泡沫

終　站

周鼎（1931-2010）

寂然

解脫於最後的喘息
以一種睡姿
以一種美

以遺忘

・本詩選自《一具空空的白》詩集，創世紀詩社

筆

——仿商略名詩〈筆〉

管它
揮灑了多少年
一柱擎天　　冷冷
拍著
又大又笨重的
空無

筆

商略（1931-）

無奈
災變後倖存的
一擎廊柱　苦苦
頂住
很重很巨大的
虛空

·本詩選自《星空無限藍──藍星詩選》，九歌版

受驚的石雕

——仿楚戈名詩〈受驚的石雕〉

這些年我終於恍然悟出
它穿越斑剝的意象而化為歷史的遺跡
及至我變奏一方搖曳生姿的固體
獨特雋永本是恆久的淬鍊
莫非奇想突兀開花
駭然自我驚覺，那一片很巨大的空無

受驚的石雕

楚戈（1932-2011）

許多年代我爲雕塑所囚
脫離了一切的本來而成爲陌生的形象
直至我變爲一株眞正的野生植物
內心的灰燼化爲一種思想
才接受另一次睡意
才把嗅覺冷藏，因其自始便屬於烏有

·本詩選自《散步的山巒》詩畫集，純文學版

非夢的小調
——仿瘂弦名詩〈如歌的行板〉

夜宴之一刹
狂想之一刹
一些些夢和水薑花之一刹
迷迷濛濛讀某一美女酣舞之一刹
汝或貝克特怎悉唱獨腳戲之一刹
空襲、霧、裝甲車、竹筏與杏花村之一刹
踢踏之一刹
打鼓之一刹
放風箏之一刹
某晚熄燈後兀自於無塵居左側

風一樣溜進來的老莊之一刹，逍遙在濠上
之一刹，聲東擊西之一刹，垂釣之一刹，刺繡之一刹
戴寬邊大草帽之一刹
外孫著裝滑雪之一刹
投籃、中、鼓掌之一刹
嘩啦啦之一刹

且揉捏蒼茫的時光之海會日漸壯濶的
人間甲如此，乙如此：——
耶穌在昊昊的青空
薔薇在薔薇的懷裡

如歌的行板

瘂弦（1932-）

溫柔之必要
肯定之必要
一點點酒和木樨花之必要
正正經經看一名女子走過之必要
君非海明威此一起碼認識之必要
歐戰、雨、加農砲、天氣與紅字十字會之必要
散步之必要
溜狗之必要
薄荷茶之必要
每晚七點鐘自證卷交易所彼端

草一般飄起來的謠言之必要。旋轉玻璃門
之必要。盤尼西林之必要。暗殺之必要。晚報之必要
穿法蘭絨長褲之必要。馬票之必要
姑母遺產繼承之必要
陽台、海、微笑之必要
懶洋洋之必要

而既被目為一條河總得繼續流下去的
世界老這樣總這樣：——
觀音在遠遠的山上
罌粟在罌粟的田裡

・本詩選自《二十世紀台灣詩選》，麥田版

髮
——仿碧果名詩〈山〉

俺的確醉倒
那樣一根絲

飛。

山

碧果（1932-）

我就是喜歡
這麼一個字

舞。

・本詩選自《小詩・牀頭書》，爾雅版

閑　愁

——仿鄭愁予名詩〈錯誤〉

你從春風裡來
那站在石獅上的落月是桃花的刺繡

春雨將至，彎腰的白楊慢飛
我的眼若蕭蕭的喧鬧的街
猶之黃昏的慵懶市集
叫賣斷續，陰暗的柴扉嘆息
我的眼是瘦瘦的殘卷半掩

你篤篤的腳印是流水的閒愁
你可是浪人，或者訪客……

錯　誤

鄭愁予（1933-）

我打江南走過
那等在季節裡的容顏如蓮花的開落

東風不來，三月的柳絮不飛
你底心如小小的寂寞的城
恰若青石的街道向晚
跫音不響，三月的春帷不揭
你底心是小小的窗扉緊掩

我達達的馬蹄是美麗的錯誤
我不是歸人，是個過客……

・本詩選自《現代中國詩選》，洪範版

窗口的硯台

——仿辛鬱名詩〈體內的碑石〉

於窗口
竟如此蹲著
不言不語的
一塊硯台

很久的年代就跟著吾
當下已是晚年
可能是閒章吧
吾女的情或吾孫的真

獸立著
在吾窗口
一塊不管自己是傻樣的
硯台

時時刻刻
汝竟是
吾眼中的一片
恆久流浪的煙

體內的碑石

辛鬱（1933-）

在體內
就那麼坐著
無聲無息的
一方碑石

很小的時候就帶著它
如今它已長大
也許是胎記吧
我父的精與我母的血

安坐著
在我體內
一方不知道是什麼形狀的
碑石

日日夜夜
它成為
我胸際的一隻
永在探望的眼

・本詩選自《辛鬱・世紀詩選》，爾雅版

回到從前

——仿方艮名詩〈還給最初〉

昨晚的月色　依稀多年的光影
時間的腳印似淺實深澈
我已忘卻楓葉在凋零
我不悉你的夢寐與殘卷的互訪
諸多惦念　或許你假裝早以失憶

然而　我把今晚扔回二十年前
似可尋索你那烏溜溜的黑髮
我必須把你倩影冷藏
怎奈夜空閃爍的寒星忽忽又黯淡——

無論　你是刻意去切割
爲那塵封多年的舊事
讓歲月無聲地踩過

而今夜　　那一輪月色
悄悄敞開它皎潔的胸襟
我兀立窗前　守候空濛寂靜
把珍藏多年的私密揭開
任白菊花把你折疊

光影哈腰——回到從前

還給最初

方艮（1934-）

今夜的街燈　找尋那年的最初
歲月的塵囂比燈芒還刺
你怎知星月為何躲藏
你怎知我的眼神和心跳的距離
那年夜晚　雖然你裝作視而不見

如果　把今夜還給那年的街燈
還可以尋見肩際那根髮線
你應該會把影子留下
去遮掩地上那些閃爍又茫然的愫——

雖然　你是那樣地漠然
我已為那段陳年記憶
以髮蒼視茫去彌補

而今晚　整排的街燈
一下子推開長街的大門
我佇立燈下　等待雲飛霧散
也好把那段塵封的秘密
讓回家的流星帶走

帶回那年——還給最初

· 本詩選自中國時報《人間副刊》2013年5月20日

廣　場

——仿白萩名詩〈廣場〉

大家都自由自在的散步
　　　　　　　　返回家中
去擁抱有夢想的異性

但銅像還是貫徹他的虛妄
並對冷冷的當下
大聲狂呼

然後雨
輕輕地下著滴答滴答滴答
它在嘆息什麼呢

廣　　場

白萩（1937-）

所有的群眾一哄而散了
　　　　　　　　回到床上
去擁護有體香的女人

而銅像猶在堅持他的主義
對著無人的廣場
振臂高呼

只有風
頑皮地踢著葉子嘻嘻哈哈
在擦拭那些足跡

・本詩選自《新詩三百首》上冊，九歌版

貓空的杏花林

——仿葉維廉名詩〈酊紫薰衣草田〉

任我倆漫步
窄窄窄窄的
雨吻過的貓空的杏花林
讓那兒的香味
飄回我倆的
小屋
窗
與
榻榻米上

酊紫薰衣草田

葉維廉（1937-）

讓我們穿越
長長長長的
風吹過的酊紫薰衣草田
把它們的醇香
帶到我們的
浴缸
床
與
早餐桌上

·本詩選自《雨的味道》詩集，爾雅版

沙　漠

——仿李魁賢名詩〈沙漠〉

任你在大漠中
擺好攝影機
把四面無邊的風景
全納入胸懷

黃沙浩浩
那裡有紅花綠樹作證
看誰在大漠上
一片茫茫的對視中
捕捉某些躍動的新生命
它們向天際搖頭

黃沙浩浩
時間非永恆閃光之鏡

沙　漠

李魁賢（1937-）

是誰在沙漠上
架好的槍口
插上春天未到臨前
早開的鮮花

黃沙滾滾
花瓣上有天空的血絲
是誰在沙漠上
啞口的層層荒蕪中
羅列久久猶不肯瞑目的
望著天空的頭顱

黃沙滾滾
眼瞼上有天空的淚痕

．本詩選自《小詩星河》，幼獅文化版

米芾體

——仿隱地名詩〈瘦金體〉

瘦削的仕女
當年老色褪之際偶然撞見了非常別緻米芾體的異性

誰非誰是的彩墨
推著一帖小令

瘦金體

隱地（1937-）

肥胖的婦人
在婚姻末期邂逅並且突然愛上了一個瘦金體的男人

骨肉相連的風景
想是一首宋詩

·本詩選自《十年詩選》，爾雅版

杯
——仿岩上名詩〈杯〉

不管杯子大或小
誰都喜歡暢飲

所謂名牌
不過是虛幌一招吧

惟有酒膽
是我眞誠的自白書

搶著餵飽天空
與老鷹比高

杯

岩上（1938-）

很多人喜歡乾杯
一飲而盡的爽

喝來喝去
最後還是空著肚子

只有天空
以最大的容量悲憫我

因為它的飢餓
比我大得多

· 本詩選自《八行集》，派色文化版

未竟之渡
——仿林泠名詩〈未竟之渡〉

他眺望對岸,他飲風木立船首
掌舵的大小子,篤定的神情?
春三月的河水十分清澈
哦,他!他該想起
　　咱們渡船的兩面紅黃旗在跳躍
　　　　　　他該想起
咱們渡船的步伐正加速……。

他要惦念這短短的旅程?
他要撲捉善變的風向嗎?
咱們小別的蘆葦小站,彼端正人聲鼎沸。
咱們是忘不了的——船艙裡的鬧劇啊!
但吾不悉他的倦怠

未竟之渡

林泠（1938-）

你張望什麼，你迎風立在船頭
操舟的漢子底，示意的神色？
十二月的港漲潮在午夜，
啊，你！你該注意
　　我們渡船的兩盞紅綠燈在移近，
　　　　　　你該注意
我們渡船的方向在改變……。

你是憂戚這未竟之渡嗎？
你是張望未來的風景嗎？
我們遠離的淺水碼頭，那兒正燈火輝煌。
我們已遠離了的──航程裡的一切啊！
而我不懂你的憂戚

　　　·本詩選自《剪成碧玉草層層──現代女詩人選集》，爾雅版

花　屋

——仿朵思名詩〈暗房〉

不可讓香飄出去
不可讓香擾亂周邊氣氛
這兒要綻放出某些燦爛爽脆的喜樂
這兒邁出去的路是稻香九里柳暗花明

暗　房

朵思〔1939-〕

不要讓光漏進來
不要讓光擾亂暗房秩序
這裡要洗出不管你接不接受的鏡頭
這裡要說山路彎曲或筆直的甜言蜜語

　　　　　　·本詩選自《心痕索驥》詩集，創世紀詩社

霧裡的素描
——仿張健名詩〈畫中的霧季〉

我在你的書本裡偷偷的畫幾筆
速成了一小品
窩在我小小的心坎裡

平常上課的鈴聲敲響
黑板便傳達你的叮嚀
似乎說：這一天多漫長啊

我徜徉畫裡
爲你朗讀古人的絕句
王維就在眼前
素描眉批著霧氣……

畫中的霧季

張健（1939-）

我在你的影子裡悄悄的簽個名
就成了一幅畫
掛在我左邊的心室裡

每當教堂的鐘聲響起
壁上便傳出你的吟哦
好像說：多悠長的一日呵

我走入畫裡
為你默念哲人的話語
縷縷微笑溢出
五月遂成了霧季……

‧本詩選自《畫中的霧季》詩集，水牛版

十八・日蝕

——仿林煥彰名詩〈十五・月蝕〉

十點鐘，日在吾四樓
欣然迎風而歌

十八那個黃昏
吾抓住了她
是以，咱們
就撿到一個日蝕

而清晨
她將領巾放在吾桌上
是故，那夜
她十分憂戚

十五‧月蝕

林煥彰（1939-）

八點鐘，月在我二樓
企圖穿窗而過

十五那個晚上
我捉住了她
所以，你們
就有了一次月蝕

而午夜
她將衣裳留在我床上
所以，那晚
她特別明亮

· 本詩選自《斑鳩與陷阱》詩集，田園版

白衫客
——仿楊牧名詩〈黑衣人〉

攀上，攀下。在吾視矚之內
悄立窗外，摸摸大海
白衫客是雪啦！大寒之後

吾把釘在牆上的海景拿下
把蒼勁的老榕樹拿下
把汝拿下

黑衣人

楊牧（1940-）

飄來，飄去。在我眼睫之間
小立門外，憶憶濤聲
黑衣人是雲啊！暴雨之前

我把掛在窗前的雨景取下
把蒼老的梧桐影取下
把你取下

・本詩選自《水之湄》詩集，藍星詩社版

鏡　子
——仿羅英名詩〈鏡子〉

一直是她的最愛
鏡子
某日飄然化爲
風箏
載著她在青空下
喃喃的
飛翔

鏡　子

羅英（1940-2012）

從不曾叛逆她的
鏡子
那夜忽然化作
池塘
盛滿她眼睛內之
盈盈的
星光

・本詩選自《二分之一的喜悅》詩集，九歌版

雪

——仿夐虹名詩〈雲〉

雪是最華麗的
最初最原始的海
雪是比月亮還大的
望遠鏡
雪是
靈動的
娃娃的白頭巾

雲

敻虹（1940-）

雲是最乾淨的
最寬最舒服的床
雲是比貝殼還亮的
大帆船
雲是
飛走的
媽媽的白手帕

·本詩選自《小詩·牀頭書》，爾雅版

澄靜的水

——仿古月名詩〈寂寞的山〉

水澄靜
碧湖小徑上的雀榕
懶懶地沉默不語
看鳥和魚的戲逐
一帖悠然的水墨

溫婉的斜陽中
有眾多腳印在合唱

水邊沿路的雜草
散漫的伸向天際
莫非未來的漫長歲月
還需經歷諸多的掙扎
與野狗、拾荒者競走
綻露特殊的新貌
水是無解的小精靈
它歡喜任人徜徉

寂寞的山

古月（1942-）

山寂靜
从徑石縫卜的小花
默默地綻放芬芳
聽湖和山的靈動
喝出千古的幽情

冷冽的陽光下
有許多聲音在流動

山裡更寂寞的樹
在沉潛的歲月中
為了生命的繁衍循回
歷經生死與共的纏綿
在風雨、岩石間扎根
活出自己的風格
得蘊涵怎樣的靈魂
和高尚的氣質啊

・本詩選自2011年9月《創世紀》168期

雨 中 行

——仿喬林名詩〈雨中行〉

豆大雨點在眼前閃爍
豆大的野花草在眼前排排坐
豆大的寂靜在眼前抖動

吾突兀的
站在四面楚歌的雨中
站在左擁右抱的野花草陣中
站在前呼後擁的尖叫中

吾突兀的
站在陣陣包圍自己的雨中

雨 中 行

喬林（1943-）

無數的雨在地面冒起
無數的大理石碑在地面排列
無數的聲音自地面喚出

我獨自的
走在左右圍繞的雨中
走在左右圍繞的大理石碑中
走在左右圍繞的吶喚中

我獨自的
走在左右圍繞著的自己中

‧本詩選自《現代百家詩選》，爾雅版

舞

——仿辛牧名詩〈飛〉

咱們喜歡
舞
休息，片刻
擦汗，片刻
想一些必須想的

舞
成對或許十分興奮
不成對說不準不太興奮

咱們喜歡
舞，說不準成對
揮汗，說不準甩掉時間

飛

辛牧（1943-）

我們還要
飛
棲息，偶爾
嬉耍，偶爾
做一些應該做的

飛
成雙也不一定快樂
不成雙也不一定不快樂

我們還要
飛，不一定成雙
休息，不一定掉光羽毛

·本詩選自《新詩三百首》上冊，九歌版

一棵開花的樹

——仿席慕蓉名詩〈一棵開花的樹〉

或許有某些緣份
當我最渴望的時分　偶爾
我輕巧回首　不悉多少年
希望祂能為我結一次緣

主不時讓我在土裡生根
漸次在不起眼地帶
任風雨晨昏呵護繼續微笑
片片生發我難忘的記憶

每天親近　與你傾談
看濃密的蔭是我最美的依靠
可是當你於無意之中逸失
在你面前陽光閃耀著
可歎呵　它不是落葉
而是小小的愁

一棵開花的樹

席慕蓉（1943-）

如何讓你遇見我
在我最美麗的時刻　為這
我已在佛前　求了五百年
求祂讓我們結一段塵緣

佛於是把我化作一棵樹
長在你必經的路旁
陽光下慎重地開滿了花
朵朵都是我前世的盼望

當你走近　請你細聽
那顫抖的葉是我等待的熱情
而當你終於無視地走過
在你身後落了一地的
朋友啊　那不是花瓣
是我凋零的心

・本詩選自《現代女詩人選集》，爾雅版

泥　土
——仿吳晟名詩〈泥土〉

天天，從早晨到黃昏
與土地抱在一起的農夫，如此說——
田埂頭是俺的育嬰室
工具坊是俺的寶貝
樹蔭下，是俺休息的地方

沒有假期，沒有公休的農夫
以一生的勞力，孜孜不倦
彩繪著各種花卉
在俺家這塊土地上
日日月月，耕耘了又耕耘

天天，從早晨到黃昏
習慣了疲累的農夫，如此說——
清涼的冰，是絕佳的洗滌
阡陌，是最順眼的水墨
蛙鳴和雞叫，是最動人的曲

管它什麼百里外的事故
如果訕笑，農夫
在俺家這片土地上
以赤忱的汗粒，填滿她的心

泥　土

吳晟（1944-）

日日，從日出到日落
和泥土親密為伴的母親，這樣講——
水溝仔是我的洗澡間
香蕉園是我的便所
竹蔭下，是我午睡的眠床

沒有週末，沒有假日的母親
用一生的汗水，辛辛勤勤
灌溉泥土中的夢
在我家這片田地上
一季一季，種植了又種植

日日，從日出到日落
不了解疲倦的母親，這樣講——
清爽的風，是最好的電扇
稻田，是最好看的風景
水聲和鳥聲，是最好聽的歌

不在意遠方城市的文明
怎樣嘲笑，母親
在我家這片田地上
用一生的汗水，灌溉她的夢

・本詩選自《現代百家詩選》，爾雅版

月上柳梢

——仿汪啓疆名詩〈日出海上〉

晚上月光放送十分的清涼
樹葉滴答，而雀鳥張開了夜
幽邈絕境須靜默品讀
從緩慢微揚的水線給出愉悅

樂音婆娑，是快樂的前奏
請光怒放……。

日出海上

汪啓疆（1944-）

海的胸膛蘊藏一千度灼熱
波浪覆蓋，而海鷗啄開了晨
巨大漿果待熟透爆烈
自繁葉繅絲間探出今天的臉

濤聲跳躍，是出發的心情
被風撥動……。

・本詩選自《人魚海岸》詩集，九歌版

瞬　間
——仿落蒂名詩〈俄傾〉

遊子在深山
枯坐了
半個冬末
不料
一片落葉
讓汝小睡七日

俄　傾

落蒂（1944-）

釣客在礁岩
等待了
一個夏午
終於
一陣海浪
把他釣了下去

·本詩選自《小詩·牀頭書》，爾雅版

牆

——仿尹玲名詩〈牆〉

牆永遠有情有意
不管你記得或遺忘
那是何年何日堆砌完成
它，永遠寫在荒蕪的
臉上

牆

尹玲（1945-）

牆也是有記憶的
不論你刻或不刻上
事情發生的日期和經過
它，全烙在最隱密的
縫裡

・本詩選自《一隻白鴿飛過》詩集，九歌版

雁

——仿曾貴海名詩〈人〉

那才子
筆名白萩
寫成這首雁的傾刻
確是最輝煌的年代
刮大風的台中
一個孤獨的
人
嘶吼著
高舉現代
一飛上青天

人

曾貴海（1946-）

預言家
丿于倉頡
創作這個字的時候
正是古中國的秋日
風勁的草原上
一隻落單的
雁
鳴叫著
劃向歷史
倒寫在天空

·本詩選自《混聲合唱——笠詩選》，春暉版

鹿港九曲巷

——仿蕭蕭名詩〈鹿港九曲巷〉

我記起從前
喜歡叫你小名
似乎舊巷的斑剝被你淡淡的幾筆
偷偷活化

此刻
你在那家樓頭
有情有意的喊著
為什麼
我還是無法倒回到從前

鹿港九曲巷

蕭蕭（1947-）

我回到巷口
喚著你的乳名
彷彿井裡的傳奇以濕淋淋的記憶
緩緩甦醒

這時
你在哪個窗口
無心無意地摺著
我走後
已經三吋那麼厚的陽光

・本詩選自《緣無緣》詩集，爾雅版

觀硯飛句

——仿羅青名詩〈臨池偶得〉

從青石青石的端硯
行草似飛瀑

寂寂寂寂的
旋舞

兀然回眸

且喃喃羽化我
早寐的星空

臨池偶得

羅青（1948-）

自墨綠墨綠的池底
佳句如紅魚

悄悄悄悄的
浮現

忽的轉身

又靜靜沉入我
幽深的心底

·本詩選自《新詩三百首》上冊，九歌版

魚尾紋

——仿龔華名詩〈魚尾紋〉

踩著輕緩的碎步
迤邐的舞姿
晨昏如斯
守候在
人生的夢境邊
靜靜　靜靜
推擠出　一枚枚
藕斷絲連的
水線來

魚尾紋

龔華（1948-）

循著昔日的韻律
柔軟的泳姿
不曾改變
僅僅在
生命的河流裡
慢慢　慢慢
囚泳出　一縷縷
不在鄰盪的
波痕來

· 本詩選自《龔華短詩選》，香港銀河版

光　陰

——仿張堃名詩〈時間〉

設若光陰是世間的寶物
匆促的來到又快捷的離去
咱們喜歡與它道別或者
對坐？

打開窗
吾於前後一剎
若干生命躍起陸續嘆息
諸多的燈盞一湧而上
究竟是下午抑或
暗夜？

時　　間

張堃（1948-）

假如時間是靈魂的生命
短暫的停留又匆匆的走開
我們決定跟著離去還是
駐足？

推開門
我在出入之間
許多燈亮後又相繼熄滅
陌生的鬼魅一閃而逝
不知在門裡還是
門外？

·本詩選白《醒，陽光流著》詩集，創世紀詩社

伐　木
——仿徐瑞名詩〈伐木〉

一揮斧很疼痛
第二斧　心碎
樹幹漏出眼淚
根在底層求饒

最後一揮
想想可有來生

伐　木

徐瑞（1948-）

一斧下來 驟痛
再一斧　斷腸
年輪溢出淚水
根在地裡吶喊

最後一斧
蟬聲風聲 寂滅

・本詩選自《女心──溫柔與野性》，唐山版

五行詩

──仿江自得名詩〈五行詩〉

黃昏時
夕陽卸裝
鳥輕捷地飛回小窩
大地微張雙眼
任春秋戚然點閱歷史

五行詩

江自得（1948-）

一大早
陽光脫序
風自由地親吻大地
宇宙鬆開了手
讓世界從容邁向空無

・本詩選自《江自得小詩集：鬧鐘響了》，春暉版

胸　針
──仿蘇紹連名詩〈鈕扣〉

經常別在左胸口的一隻胸針
確是十分自由自在
它是盛典上的小擺飾
它不會主動去想著其他的瑣事
醒目。它或許標誌著某一種名聲

儘管它不時在胸前浮動
且不問自己究竟於何時要把它扔掉

鈕　扣

蘇紹連（1949-）

棲息在領子下的第二顆鈕扣
年齡約四十歲出頭
它不想再扣住歲月了
它也不想在領帶與風的邀請下
舞動。它只想以鬆綁的一條絲線

懸掛自己在胸膛前擺盪
讓自己不知在何時何地掉落而消失

·本詩選自《小詩·牀頭書》，爾雅版

風中陀螺

——仿雨弦名詩〈水上芭蕾〉

孩童在廣場跳舞
俺在他的瞳孔裡高歌

不一瞬間俺被吸進
旋轉的方塊
就寢

水上芭蕾

雨弦（1949-）

女子在水中作畫
我在她的肢體上寫詩

一不小心我被捲入
肢體的漩渦
溺斃

·本詩選自《台灣現代詩手抄本》，九歌版

秋天宣告獨立

——仿許水富名詩〈秋天宣告獨立〉

儲藏夏衫短褲
儲藏熱熾心思
儲藏揮劍人生

以枯枝以彩筆以溫火以濃茶
打扮書房
迎里爾克
迎海明威
迎謝靈運
迎滿地的殘荷
冉冉地
讓土地又發芽

秋天宣告獨立

許水富（1950-）

收拾單薄衣衫
收拾浮躁慾望
收拾奢侈人間

把爐火把詩歌把音樂把咖啡
整理一桌
等尼采來
等巴哈來
等魯奧來
等一屋子落葉
沸騰地
煮一鍋的蒼涼

・本詩選自《叫醒私密痛覺》詩集，田園城市版

峰　頂
——仿杜十三名詩〈岩石〉

一片崎嶇婉曲的山徑
與當前四顧隱隱的煙嵐
俱在蒼鬱中靜止
撲捉
峰
頂

飛躍的花樹騎著峰頂
從歷史的岸邊
逸
　　　　　　　失

岩　石

所有來去飄渺的蹤影
和東南西北撲撲的塵煙
都在曠野中凝固
成為
岩
石

記憶的苔蘚推動岩石
往時間的深淵
滾
　　　　　落

・本詩選自《台灣新世代詩人大系》上冊，書林版

祕　密
——仿簡政珍名詩〈秘密〉

翻開論語，一匹
銀蠹蟲竄出，徐徐
幻化成晚報斗大標題
南極冰封，長城大火
台北股票大跌
當下俺狂呼
管它是啥
也不敵俺的一帖小詩
靠在冷牆上
對寂寞快樂招手
時間恆在誰能取代
手拉長卷如飲清酒
歷史是
晨雞的大哭

祕　密

簡政珍（1950-）

打開抽屜，一隻
烏鴉飛出去，變成
晨報大大小小的鉛字
電話響起，聽筒裡的
雜音長出許多
揮舞的手指
一幅肖像
歪斜地靠在電燈桿上
拭汗的手巾
在風中沉重墜落
直升機定時巡弋的
聲音驚散一群鴿子
回音是
掛鐘的滴答

・本詩選自《二十世紀台灣詩選》，麥田版

水薑花

——仿馮青名詩〈水薑花〉

總是
靜立如此無聲的暗夜
輕握
時間的手

水邊的素花搖曳著
我心中的思念戚戚
想了又想的彩繪
悄悄在畫框中逃逸

但習慣
總是喜歡這樣摟著你
傾吐　花的心事
你可能想要解構
疏落　吻著我

水薑花

馮青（1950-）

然後
就在這樣窸索的水面
看到
月光湧動

兩岸的燈火也濕了
我眉睫的露水盈盈
開了又開的素花
靜靜的在秋色中疲倦

而每次
都是這樣靠著你的肩
訴說　水的寂寞
你將會在冰涼中
逐漸　感覺我

・本詩選自《天河的水聲》詩集，爾雅版

摧破煩惱
——仿愚溪名詩〈摧破煩惱〉

不論多少趣事聚集躍動
碎片輕輕飛
我豎起耳朵　　　傾聽
偶爾夜宿林澗深谷
流水淙淙安然默坐等候爽脆黎明

摧破煩惱（孕荷之22）

愚溪（1950-）

耳邊不理那東風萬事吹
葉羽片片輕
靈巧好耳力　善聽
有時露宿森林空谷
流泉伴朵兒度過一夜寂靜的假期

・本詩選自《愚溪詩選》，晨星版

黃　昏

——仿白靈名詩〈清晨〉

炊煙在插畫
一帖典麗的絕句
沿著翠竹
等蟹爪花
　　　　月
落

清　晨

白靈（1951-）

柔鬚伸出去
一行青碧的詩句
攀上籬笆
那牽牛花
　　　日
出

・本詩選自《小詩選讀》，爾雅版

行　草

——仿靈歌名詩〈行草〉

經常靜靜的
靜靜的運氣
引領筆和墨行走四方的遐想
於尺幅宣紙上
形似龍遊，左右採拾
勿張望
任行草在大地昂首開花

行 草

靈歌（1951-）

只是輕輕的
輕輕的一拳
凝聚專注的蘸飽墨汁的筆鋒
在宣紙上化開
青筋浮現，下巴腫脹
躺下吧
一幅行草在擂台上攤平

・本詩選自《漂流的透明書》，秀威版

孕

——仿利玉芳名詩〈孕〉

她微凸自己的肚子
嗅觸新生命的歡愉
時時刻刻以心來傾聽
巴望十月開花

孕

利玉芳（1952-）

懷了一季愛的女人
感到那蠕動的生命
是用伊的憧憬和心願
凸出來的春天

・本詩選自《天下詩選》（二），天下文化版

晨寫陶潛
——仿陳育虹名詩〈夜讀清照〉

他仰首
掃描一下五柳和
樹間燦動的，前晚的
斷句

也許那難以追踪的
雪的腳印
（如落英餵飽大地）
何妨讓他早讀

夜讀清照

陳育虹（1952-）

她俯身
拈起一葉梧桐及
葉上殘留的，昨夜的
無言

至於那未及撿拾的
菊的憂愁
（堆積了這麼一地）
也就任它去了

·本詩選自《河流進你深層靜脈》詩集，寶瓶版

虛擬愛情

——仿德亮名詩〈虛擬愛情〉

以電腦讀信
拿手機傳情
個人的小宇宙
那有盡頭
咱倆要打開
彼此的禁域
呼吸眞愛

虛擬愛情

德亮（1952-）

用鍵盤寫詩
執滑鼠繪圖
真實的世界裡
沒有永恆
我們只能在
虛擬的空間
瘋狂戀愛

・本詩選自2013年6月《創世紀》175期

舞

——仿零雨名詩〈飛〉

倉頡昂然運筆。額上。有痕
淡彩。煙。碧湖。幽渺

吾將精細切割新人間的側面
吾的姊妹正在額前的上下奔走

飛
——單字系列之5

零雨（1952-）

上帝正在寫詩。屋頂。黑色
白色。雲。宇宙。淡藍

我將出發前往尋找我的父母
我的兄弟在屋頂前方路的前方

‧本詩選自《關於故鄉的一些計算》，聯豐版

秋水磐石

——仿潘郁琦名詩〈秋水磐石〉

我自北方來
見識星子的美麗
特別是深夜
挽著你　飄逸若落葉輕拂

風靜雲倦
今宵氣息似夢
徜徉在秋天的懷裡
一切俱是爽脆的
摒棄所有的邀約
祇想著　與你共渡

不論我胸納當下
髮洒銀河
握意象之首為你開啓
無垠的　歷史風華

步來時的小徑
尋光影交錯的磐石
在幽僻的長廊裡
朗誦你　寫秋的詩

秋水磐石

潘郁琦（1952-）

我望向北方
星子們都歇息了
夜的長河裡
盡是你　行經的如雪衣袂

雲起風動
今夕天涼如水
趺坐竟是不易的了
天地在疊層之後
將我冷冷的微痛
牽引著　石脈而來

且由我襟披晨星
髮垂江岸
蝕骨成型的是我千年
無言的　世世生華

攬一路的奔馳
鐫一方無措的　磐石
在歲月的光譜裡
解讀你　秋水長詩

· 本詩選自2012年《台港文學選刊》第4期

絕　響
——仿萬志爲名詩〈破靜〉

荷池
躺著
青蛙
唱著
瘦瘦的我
想著
水聲喜歡散步
管它是什麼

偶然一匹晚霞，嘰嘰喳喳
風樣直立

破　靜

萬志爲（1953-）

小屋
坐著
小路
躺著
小小的人
走著
風聲也聽不到
更何況落葉

直到一縷炊煙，嬝嬝娜娜
刀樣升起

· 本詩選自《小詩選讀》，爾雅版

夜讀記事
——仿陳義芝名詩〈夜讀記事〉

槐樹在窗前與經卷對話
靜靜，默讀老莊詩文
俯首撞見李清照側影
請問，請問
意象節奏究竟是啥？

一手寫鹽的詩讓時光倒流
淒淒切切，逼得
三色柱下理髮師高歌

夜讀記事

陳義芝（1953-）

葛藤爬上書架眼波流轉
輕輕，躡至說文身後
猛然搗住許慎的眼說
你猜，你猜
五百四十部變什麼？

一條細流載著翡翠的聲音
叮叮噹噹，逗得
白玉苦瓜都笑開了口

·本詩選自《台灣新世代詩人大系》上冊，書林版

再見十行

——仿沈花末名詩〈離棄十行〉

那夜的月色
輕輕闖入吾的書齋

寂寞躲入一角落
神祕的氛圍裡
某些經典相擁又傾訴著
張望未來

逝去的故事暫且不表
讀著早起的雞啼
似乎散亂的經卷剛醒
夢是矇著臉走了

離棄十行

沈花末（1953-）

最初的月光
尖尖的刺進肌膚後

鮮血哀痛了一地
冷淡的天空裡
一些羞澀的枝椏相擁著
等待黎明

昨日的遺言委在水上
夢是早霜的初秋
一排猛然抖下的側影
山是安靜的睡了

· 本詩選自《現代女詩人選集》，爾雅版

雨中的荷花池
——仿渡也名詩〈雨中的電話亭〉

燦然

以羊毫拍打荷池的
東張西望的綠葉啊

乾杯

雨中的電話亭

渡也（1953-）

突然

以思想擊響閃電的
鮮血淋漓的玫瑰啊

凋萎

・本詩選自《新詩三百首》上冊，九歌版

雨要向雨道別嗎？

——仿鍾順文名詩〈風要向風訴苦嗎？〉

雨卸下了人間的重擔
的確
捨不得每天最愛的滴答

風要向風訴苦嗎？

鍾順文（1953-）

風脫下了萬物的心事
就是
脫不了自己惟一的外衣

· 本詩選自《2005台灣詩選》，二魚版

童　詩
——仿劉小梅名詩〈童詩〉

大黃鴨初旅基隆
飲風撥浪
九份能不能夠倒掛？

鋼鐵人未進食
它那裡有氣力
一勺一勺要人餵
嗨　阿里山快起牀

抓蝴蝶……

童　詩

劉小梅（1954-）

小黃鴨環遊世界
搭乘電梯
地球可不可以投籃？

老婆婆沒飯吃
趕快找些食物
一口一口餵飽她
咦　金字塔吃什麼？

一下站……

・本詩選自2013年12月《創世紀》第177期

冬

——仿方明名詩〈夏〉

大塊的雪花
覆蓋高山懶慵的小熊
但熊仍抓不住
於晴空下晃漾的
某一匹雲

梅蕊突兀渲染
似晨霧一般
迷濛
接著輕輕的呼喚
早起的雞啼

夏

方明（1954-）

敏銳的陽光
叫醒枝椏的每一隻蟬
而蟬卻叫不醒
在樹蔭下舒伸的
每一個夢

荷香已被蒸得
同夕陽一樣
醉人
然後悄悄的搧動
酩酊的蛙鳴

・本詩選自《小詩・牀頭書》，爾雅版

煙

——仿楊澤名詩〈煙〉

請吮我——請開懷吮我
我是缺了標誌的寒暑表
我是缺了紋路的半張嘴
我是缺了方位缺了動力的一隻鼓
請吮我——請開懷開懷吮我
我是缺了祝禱缺了年輪的一塊
一塊靜止的盤

請吮我——請開懷吮我
或表或嘴或鼓或盤的
我是十分渺小的沒有體積的
似乎看不見的i
請吮我——請開懷開懷吮我
我是稻穗，我是酒，我是最薄的
想像，垃圾爐中烈烈狂燃的一匹
一匹放浪的煙

煙

楊澤（1954-）

請讀我 —— 請努力讀我
我是沒有手紋的一隻掌
我是沒有五官的一張臉
我是沒有刻度沒有針臂的一座鐘
請讀我 —— 請努力努力讀我
我是沒有銘辭沒有年月的一方
一方倒下的碑

請讀我 —— 請努力讀我
非掌非臉非鐘非碑的
我是縮影八〇〇億倍的一個
小寫的瘦瘦的i
請讀我 —— 請努力努力讀我
我是生命，我是愛，我是不滅的
靈魂，焚屍爐中熊熊升起的一片
一片獨語的煙

・本詩選自《新詩三百首》下冊，九歌版

回　家

──仿陳家帶名詩〈晚餐〉

萬千戶
高樓
頂端，
眾鳥
狂飲
夕暉，
探訪
清寂
無人問
的漁樵。

晚　餐

陳家帶（1954-）

千百座
屋頂
上空，
群鴉
啄盡
落日，
返回
無人
鐘自鳴
的山裡。

·本詩選自《小詩選讀》，爾雅版

在幽微處
——仿艾農名詩〈在幽微處〉

在幽微處小酌低吟
是搖晃的殘荷
鷺鷥晚霞俱徜徉在小徑上
怎樣採拾一勺勺夢寐
怎樣叫醒傾斜的童話
在幽微處小酌低吟

不喜歡狂想在幽微處
或者是回憶
或者是小立
墨綠是你的眉睫
微語是你的標誌
在幽微處

總是嚮往守候
在幽微處守
守候

在幽微處

艾農（1954-）

在幽微處低語盤桓
是細小的蟲噪
月色星光都隱遁在草窠外
如何編織一些些幻想
如何支撐卑微的希望
在幽微處低語盤桓

不需要名字在幽微處
無非是悲歌
無非是嗟嘆
黑暗是你的臉色
聲音是你的存在
在幽微處

然而可以等待
在幽微處等
等待

· 本詩選自《創世紀四十年詩選》，創世紀詩社

致歷史

——仿沈志方名詩〈給時間〉

讓吾假寐
讓童年的殘夢黯然降臨
當一匹錯愕
被山被水，或霧
舉起

光陰，吾聞到你一絲
又一絲喃喃想飛的聲音

給時間

沈志方（1955-）

當我驚醒
當年輕的夢被午夜驚醒
被及胸的風
與花與雪，與月
驚醒

白髮，我聽到你一根
又一根裂膚而出的聲音

・本詩選自《台灣青年詩選》，北京人民文學社

原野之房間
——仿羅智成名詩〈原野之房間〉

讓自己的帽子盡情向外飛：
尋天界之極的愁緒
那確是無匹的鳥籠。
不論，俺的野心到底有多大
俺可以狠狠穿越無窮的音域
其實，俺不管任何距離，或逃逸

原野之房間

羅智成（1955-）

如果飛到自己的世界以外：
在宇宙邊緣的鄉愁
將是好大一個籠子。
如果，我的翅膀偏偏在其外
我的能力超出我視窮的地方
如果，我只是祂所縱容，所忘記

・本詩選自《畫冊》詩集，1975年自印

問　答

——仿向陽名詩〈問答〉

舊山的仲冬，一隻鶴
輕輕逃離落葉的覆蓋
蹲在柏枝上，梅花的心裡
頻呼：老天
那日：下雨

仲冬的舊山，一場雪
喃喃迸出寒氣的侵襲
灑到阡陌中，野鹿的頸上
輕喟：寡人
何時！就寢

問答（跫音之一）

向陽（1955-）

深山的盛夏，一朵雲
悄悄避開烈日的追擊
隱入高岩上，蘭花的蕊裡
叩問：松子
何時：走過

盛夏的深山，一陣雨
遠遠掀起狂風的裙裾
飄到小徑中，落葉的脈上
回答：幽人
昨日！已眠

・本詩選自《十行集》詩集，九歌版

苦澀的喜悅

——仿夏宇名詩〈甜蜜的復仇〉

讓他的雙眼戴墨鏡
在暗中
相思

哼著小調
揮毫

甜蜜的復仇

夏宇（1956-）

把你的影子加點鹽
醃起來
風乾

老的時候
下酒

· 本詩選自《剪成碧玉葉層層》，爾雅版

碧　湖
——仿焦桐名詩〈天池〉

微雨後，鷺鷥
偶爾到這兒採拾
落葉和行人的聲聲慢——
白鴿回首，雀榕佇足
晚霞解構了遠方的101。

獨有清風小唱，
三五釣者常在池邊枯立，
釣竿抖擻伴湖水尖叫，
附近野薑花也不時傳話
不管今晚借宿何處。

天　池

焦桐（1956-）

雪融後，雲絮
殷勤來這裡擦拭
藍天和飛鳥的梳妝鏡——
山羌徘徊，水鹿沉思，
長風遊牧著煙遠的大草原。

長風送別暮色
峰巒鎖進森黑的天機中，
只有這宇宙的水晶球，
洩露了銀河滿溢的星光
和我高海拔的夢想。

·本詩選自《焦桐·世紀詩選》，爾雅版

老屋三行

——仿林建隆名詩〈鐵窗俳句〉

新月光灑在
天井裡
乳燕的翅膀

鐵窗俳句

林建隆（1956-）

探照燈照在
鐵窗上
蟑螂的觸鬚

・本詩選自《林建隆俳句集》，前衛出版社版

水　瓢
——仿歐團圓名詩〈花瓶〉

每天漂流在水缸裡
我喜歡偷窺你的神采
讓我欣悅
它很習慣終日仰臥
天天愛動的老婦
突然化為
一帖
水瓢

花　瓶

歐團圓（1956-）

當無知無欲的陽光
每日從窗縫探首進來
把你喚醒
這是一則現代神話
日日插花的婦人
終而變成
一隻
花瓶

‧本詩選自《現代百家詩選》，爾雅版

醉臥黃山主峰

——仿陳素英名詩〈夢立華山之巔〉

清晨若一隻斗笠
頂著稀疏的松枝茫然四顧
究竟來時路是怎樣過去的
老者還在惦念往昔的迷離

在飛來石的一側
渴想雲徑小醉數日
任夢想飛上排雲亭
左手擁漁樵
右拎晚霞
瞿然
我急急再向前
狂奔

夢立華山之巔

陳素英（1956-）

黑夜是一襲長衫
掛在黃昏的枝上緘默不語
如何向你訴說昔日的故事
那人聲息竟是這樣的微弱

在蓮花峰的頂端
只求賞賜一只輕夢
讓倦睏有棲息之所
安一雙翅膀
讓夢醒時
可以
決定下一次的
飛翔

．本詩選自《現代女詩人選集》，爾雅版

推拿意象

——仿張國治名詩〈尋找警句〉

荒原，眾鷹狂嘶
蒼蒼天宇灑下一堆堆星
旭日推拉著朝霞
雲來千峰笑

尋找警句

張國治（1957-）

天空，群雁飛越
白白畫布被劃了一條線
落日依著地平線
用色彩縫補

·本詩選自2004年10月《創世紀》第140-141期

日　曆

——仿初安民名詩〈日曆〉

讓時光褪色
接著溜下來
似老古董拉洋片一天一景
從而連續不絕地
向未來的夥伴話別
吾曾經配有大小不等的數字
任誰也算不準過去式的總賬
吾一無所有　但
珍藏所有

日曆（之一）

初安民（1957-）

把歲月壓扁
然後飄下來
像古刑場進行斬首的勾當
於是惟有不斷地
向後面的弟兄告別
我擁有各式大小橫直的數字
電腦計算機總算不清這筆賬
我沒有生命　但
收拾生命

　　　　　　·本詩選自《愁心先醉》詩集，晨星版

草原冬夜

——仿楊平名詩〈草原冬夜〉

滄浪的岑寂匆匆來到——
在暮冬
草原的雪比雨親切
殘月的屋外比爐火還冷

滄浪的岑寂拍打著我——
似乎大地與黑暗
冷冽與溫暖
對話依舊

滄浪的岑寂高舉著我——
不管風景或雷擊
或者是連續的磨難
茫無頭緒的　白

今夜，
全人類的孤寂由我獨享……

草原冬夜

楊平（1957-）

曠古的寂寞向我襲來——
十一月
山腳的雪比風溫柔
月下的草原比死亡殘忍

曠古的寂寞擁抱著我——
彷彿天空與虛無
青稞與飢餓
情人與性

曠古的寂寞撕裂著我——
暴風繼之以閃電
繼之以滾石繼之以
無邊無際的　黑

今夜，
全宇宙的寂寞都是我的……

・本詩選自《我孤伶的站在世界邊緣》詩集，唐山版

夢的攝影機

——仿路寒袖名詩〈夢的攝影機〉

我以半生歲月
爲自己裝置多彩攝影機
一點一撇紀錄走過的瑣事
摟著大力思考
怎樣去鑑別得失，迎接
風燭的殘年
天天與歷史對白
我少年時的孤傲

夢 的 攝 影 機

路寒袖（1958-）

我在生命沿途
裝設一部部夢的攝影機
超速違規者通通記錄存檔
然後用下半生
將它們緝捕歸案，關進
孤獨的晚年
日日向它們逼供
我年輕時的飛揚

・本詩選自《夢的攝影機》詩集，麥田版

商禽的新世界
——仿孟樊名詩〈余光中的右鄰〉

商禽的左手邊是許世旭
前方是羊令野遠一點是彩羽
是故他暫別大荒楚戈和葉笛
向右看嚇然是曠中玉和沙牧

他們是詩人樂園的新兵
——還有五光十色的經書
想當老大

在一起大家如兄如弟躲貓貓
無關生死
確確然永遠快活

余光中的右鄰

孟樊（1959-）

余光中的右鄰是覃子豪
左邊是鄭愁予再過去昰楊喚
然後又擠了洛夫瘂弦與張默
靠角落的則是林亨泰和白萩

這是我起造的詩人公寓
——給形形色色的新詩集
編排戶籍

大夥兒一塊住在我的書房裡
生老病死
壓根兒都不寂寞

· 本詩選自2010年6月《創世紀》163期

動　心

——仿琴川名詩〈相思〉

蹲在清早的懸崖上
看一棵松
守著
撫摸舖天蓋地的日出

側目在深夜的書桌上
讀一卷經
聽著
批判歷史的聲音此起彼落

相　　思

琹川（1960-）

是在青翠的心葉上
養一隻蠶
然後
享受那種溫柔的蝕痛

或者午後多風的夢土
織一面網
守候
穿越時光的翅音紛紛撲入

・本詩選自《現代女詩人選集》，爾雅版

陀　螺
——仿陳克華名詩〈啞鈴〉

喜歡不斷的旋轉。大地
讓我的身軀很自在

然而當我被外力
衝撞過猛
我會輕盈晃動
天空。

啞　鈴

陳克華（1961-）

地心引力的極限。地球
所允諾的肌肉發育

只是當我被自己
高舉過頂
感覺愈被拉開
泥土。

・本詩選自《台灣新世代詩人大系》（上冊），書林版

秋的詠歎

——仿洪淑苓名詩〈秋的詠歎〉

躺在秋的懷裡
我拾起一匹微醺的殘葉
它說　輕愁依舊陪伴著我

水薑花寫著一帖帖小詩
街頭巷尾嘰嘰喳喳
短笛　橫吹在老水牛的背上

回首天際
流雲被遠山攔腰的切碎
黃昏　確是最最窩心的時分

躲在秋天的夜裡
吾彼唧唧的蟲聲叫醒
哎呀　天即時就寢忘了洗澡

秋的詠歎

洪淑苓（1962-）

走在秋的樹林
我撿到一片嘆息的葉子
它說　幸福總是擦肩而過

五節芒爆發一串串詩句
都市深巷廢土堆上
孩童　撥弄昨日埋藏的彈珠

仰望流雲
一架飛機劃破天幕而去
時間　原來都是向前的姿態

睡在秋的月光下
我被沁涼的露珠喚醒
它說　完美的句點也是幸福

・本詩選自《現代女詩人選集》，爾雅版

後廢墟主義1140303

——仿楊小濱名詩〈後廢墟主義1140303〉

歲月很矮。
　　係過去式。
似曾相識啦。
　　怕記錯。
爬上牆頭。
　　又滑下。

後廢墟主義1140303

楊小濱（1963-）

昨天它過。
　　　就去年它。
那時候它嗎。
　　　怎麼又。
抬起來還。
　　　也進去。

・本詩選自《蹤跡與塗抹・後攝影主義》，商務印書館版

柿　子
——仿羅任玲名詩〈柿子〉

上上下下。水上燈影。
透露了某些
吃的習性。
與冰混合罷了，時間呢喃的燕子
作地糧。

柿　子

羅任玲（1963-）

搖搖晃晃。風中明月。
洩露了一點
誰的祕密。
在雪發現之前，就被光陰的玄鳥
銜走了。

·本詩選自《一整座海洋的靜寂》詩集，爾雅版

演講比賽
——仿鴻鴻名詩〈演講比賽〉

喜歡採菊花
喜歡採梅花
喜歡採玉蘭花
展示個人的特色

吾總覺得
並非酷愛栽花

最壞的事
在這場各說各話中
吾渴想高歌

哎喲嗨
假如歌聲淹沒了演講會現場
假如大家都把演講當作歌唱

捧著一簇花我應該
把演講放一邊

演講比賽

鴻鴻（1964-）

有人用旗魚
有人用鯉魚
有人用燻鮭魚
證明自己的存在

我才發現
自己並沒有鰓

最糟的是
在一場演講比賽中
我老想唱歌

怎麼辦
如果歌讓所有的演講像垃圾
如果所有的演講讓歌像垃圾

買了支魚叉然後我
到愛琴海度假

・本詩選自《新詩三十家》，九歌版

3"×5" 照片

——仿田運良名詩〈3"×5" 照片〉

一帖難忘的影子

不然扔給吾的是半截歲月
吾將十分疼愛
且積極剪接往昔璀璨風華
（儘管吾們會墜入諸多印象空間
彈奏青春之美）

3"×5" 照片

田運良（1964-）

一面過時的鏡子

否則遺傳給我一截以前罷
我會雙倍珍惜
並及早翻修補綴褪色印象
（最後我們全跌進框框裡的泛黃
受洗一潭回憶）

·本詩選自《台灣現代詩手抄本》，九歌版

人間漂泊者
——仿李進文名詩〈都市流浪者〉

一首詩貼上鳥叫的郵票
任日月星辰的拍字簿印下來
啊！一聲聲的叮嚀

晴夜讓流浪漢無處躲
母親你現在何方

都市流浪者

李進文（1965-）

一封信打上晨霧的戳記
被日復一日的生活列印出來
啊！一句句的皺紋

夜空把月亮傳真出去
鄉愁收到一滴淚

· 本詩選自《小詩·牀頭書》，爾雅版

在時間靜止處
——仿許悔之名詩〈在時間靜止處〉

那冷冷的冬寒
觸及了諸多隱痛
一排鷗鳥在大海快疾地行走
翅膀敲擊著天空

嗨這片刻
歲月的隱匿地
向遠看，可是磅礴的大山
每隻手臂都無言的垂下

在時間靜止處

許悔之（1966-）

這隱隱的秋涼
勾動了心如瘟疫
一群野馬在高原恣意地疾走
飛蹄踏出了火花

啊此處是
時間的靜止了
再過去，便是黑漆的大海
每個浪花都嘶鳴著死亡

．本詩選自《亮的天》詩集，九歌版

墓
——仿方群名詩〈墓〉

素靜渾圓
獨奏自己的
歌

墓

方群（1966-）

回到起點
就是我們的
家

·本詩選自《小詩·牀頭書》，爾雅版

微雨之秋
——仿嚴忠政名詩〈微雨之丘〉

喜歡那斜坡木屋
簡約素樸十分安靜
但我們總是在雨天相會
輕談。而且無拘無束
彼此都有不凡的過往
儘管各種小擺飾都井然有序
而木偶不曾變調
異想在併發之前滄浪退席
或許還要真誠表白
冀望無私的情誼發酵
在微雨之丘
擦拭曾經走過的足跡

微雨之丘

嚴忠政（1966-）

靠窗的客人一定
有很好的餐桌禮儀
因爲他們還在觀看還在
交往。那麼我和他們
交換故事的結尾好嗎
雖然鐵色系的動物都會生鏽
每隻獸都會衰老
嗅覺在自己流血之前倒退
可是總要赤裸一次
在我們還愛著的時候
在微雨之丘
靠向沒有玻璃的木窗

・本詩選自2011年12月《創世紀》169期

暗　戀

——仿須文蔚名詩〈凌遲〉

常常接到妳給我寄來的情詩
每一首都微張小嘴向我說話
吐露內心的私祕

妳風雨無阻的寄詩
每一首我翻來覆去喃喃的閱讀
但是我更喜愛妳的字跡
它們在靜靜的嘆息著
依稀是在察看我多變的表情

每天固定時刻一定會收到妳的小札，但是
妳為何不怪罪我遲遲沒有給妳的對答

妳日日夜夜的企盼著
我惟有以裁紙刀
一寸寸把妳小小的心思輕輕割破
漏出青青的話語
白描自我

凌　遲

須文蔚（1966-）

每天收到一封妳歸還的情書
每個撕開過的信封封口都嘔
吐出過期的愛意

妳樂此不疲地寄來
每一吋我繾綣過妳身軀的皮膚
一雙我緊握過妳的手掌
兩張我吻過妳的嘴唇
一顆陪妳看遍木棉花的眼珠

每天收到一封沒有附回郵地址的信，想必
妳拒絕聆聽遭到凌遲者的哀嚎與回音

妳樂此不疲地解剖我
我只好用拆信刀
鑿破我居住小小星球上空的臭氧層
傾洩所有的空氣
窒息自己

　　　　　·本詩選自《中華現代文學大系詩卷》下冊，九歌版

陰影領域
——仿紀小樣名詩〈陰影領域〉

戀愛與婚姻是一個歷程
唯有體香合奏，讓幸福
合不攏嘴⋯⋯

每逢那難以言宣的
赤裸的愛戀——
吾的渴慾：可是
燃點暗夜的　紅燭⋯⋯

陰影領域

紀小樣（1968-）

婚姻是戀愛的陰影領域
只有你的胴體　讓黑夜
綻放光明……

面對你璀璨煙火般
曖昧的愛欲——
我的熱情：只是
一根寂寞的　火柴……

・本詩選自《新詩三十家》，九歌版

21世紀莫內畫菊
——仿紫鵑名詩〈21世紀莫內畫菊〉

總是那樣清純
或滄浪

在被點潑筆觸裡
無遠近　難以形構
祇想靜觀

唉喲
一種如夢的假寐

21世紀莫內畫菊

紫鵑（1968-）

那麼一點顏色
和梵唱

都被渲染成濃霧
這時間　怎堪計算
拿命來賠

唉呀
真是美麗的酣睡

・本詩選自《現代女詩人選集》，爾雅版

桃　説

——仿顏艾琳名詩〈荷語〉

三月，
春天詩興發芽
村岸風光唰唰，
彩繪一樹一花的新綠倩影。

而桃花竟眨眨眼，
說，不急不急
今早俱是盈盈的桃紅
用行草裁剪
豁達迆邐的
春景。

荷　語

顏艾琳（1968-）

十月，
夏天回眸一笑
水面仍舊燦燦，
養著一池一缸的金黃光影。

但荷花卻嘆著氣，
說，晚了晚了
如今只剩細細的荷桿
以篆體書寫
逐漸浮現的
秋意。

·本詩選自《現代女詩人選集》，爾雅版

晚　霞
──仿李皇誼名詩〈陽光〉

自雲端一隅出發的
旅人
快靠近黃昏
把天際光影
飲盡

從而氣氛變調
一個向後轉
霞光萬點
風景竟跌滿一地

陽　光

李皇誼（1968-）

從窗口一躍而下的
小偷
一整個下午
將一池墨水
喝光

接著臉色一沉
一個後空翻
許多文字
從口袋裡掉出來

・本詩選自《小詩・牀頭書》，爾雅版

溶在一起

——仿唐捐名詩〈銬在一起〉

讀本和讀本的側影讓吾
和吾的形象溶在一塊

我走進書坊，他們問，你們
吾納悶，殘卷不自在的傻笑

讀本的側影把文字人格化了
吾與吾的側影答：你請便！

可吾仍難抽身，側影讓我
和一座吵雜的書房溶在一塊

銬在一起

唐捐（1968-）

手錶和手錶的影子把我
和我的影子銬在一起

我走進餐廳。侍者說，兩位
我苦笑，影子作出更苦的笑

手錶的影子把錶針凍結住了
我跟我的影子說：您慢用！

但我無法起身，影子把我
和一家詭異的餐館銬在一起

・本詩選自《新詩三十家》，九歌版

以月光調酒
——仿蕓朵名詩〈以月光調酒〉

我把那朵小小月光
以及，泡在百年加冰一杯白蘭地裡
該有些勁道
滋味不悉是否少了些
如何，
然兩者怎樣攪拌交錯
月色真能讓酒氣清醇
管它早晨的雞啼把吾鬧醒

以月光調酒

蕓朵（1969-）

捻一小撮月光調酒
或者，加在靜置八小時後的雪碧裡
味道淡了些
不知名的韻味多了點
也罷，
凡種種滋味不過就是
昨夜醞釀的一壺回憶
被井底的蛙鳴叫透了冰涼

‧本詩選自《玫瑰的國度》詩集，釀出版

寫詩簡約
——仿黑俠名詩〈愛情習題〉

我自認關於寫詩
經常喜歡在陌生地搜索
不管有無生路，即使酷寒
或面對斷崖

愛情習題

黑俠（1970-）

我所知道的愛情
總是習於在轉角處撞險
已沒有退路了，前面是雪
擁抱是寒冬

・本詩選自2013年12月《創世紀》第177期

危崖有花

——仿吳音寧名詩〈危崖有花〉

有人說
愛是危崖的花
快摘
快摘
不必回頭
鐵定要剛猛

危崖有花

吳音寧（1972-）

你說愛
像危崖一朵花
要去
要去
有點害怕
也要攀過去

・本詩選自《現代女詩人選集》，爾雅版

月　光

──仿龍青名詩〈月光〉

柳梢的新月，是你
記憶最帥的圖騰
初探山門的僧會哈腰

而這些，似乎俱無痕跡
讓雀鳥偷偷跟進
黃昏時分
天漸暗
月卻嬌羞地
裸露半身

大夥都說
今夜氣氛詭絕
秋蟲唧著月色緩緩舞蹈
影子正放大
與花拔河

月　光

龍青（1973-）

床前的月光，是我
聽見最好的聲音
到過山裡的人都知道

這一切，並不妨礙公路
像樹木一樣生長
夜晚來時
天會黑
光是透明的
沒穿衣服

人們點燈
他說今夜很冷
一些微小的聲音透過來
蝙蝠向前飛
花正在開

・本詩選自2013年12月《創世紀》177期

淡　季

——仿范家駿名詩〈淡季〉

或者是雨的傳說
他的青髮揉捏垂柳的心
是誰躲在花叢
輕盈撲捉那群蛺蝶
讓陽光點頭

喜歡那跨過自我的視線
我當下已非是那位活在夢裡的人
追尋失蹤的記憶
鳳凰木抓牢淡雅
我捫心自問
世界剛開門

我掀開自家小水井的蓋
怎能暢飲
清洌嘩啦啦的水

俯首排除那吵雜的日子
傍晚的夕陽已經清醒
我是觀者
放眼田野
任迤邐的牧笛
宣達季節的謎

淡　季

范家駿（1973-）

也許是光的淡季
你的腳印留下了膝蓋的斑
是誰站在暗中
要一陣風彎下腰來
露出魚腥草

一個人游過自己的腦海
他現在已經是個不需要回頭的人
跟隨著他的屋簷
世界找到了我們
滴下來的心
裂開的嘴唇

他拉起自己水面下的根
教我分辨
那些可食的部分

這是離開聲音的第一天
清早的原野還在彌留
我的獵人
捏緊眼神
以一把乾淨的斧頭
劈開身上的風

・本詩選自2013年12月《創世紀》177期

水族箱

——仿丁威仁名詩〈水族箱〉

我喜歡水，讓五湖四海的水流進來
它們來我這裡定能好好的生存
那是一種超凡俗的
生存模子
不論是晨昏或落雨，魚群
確是滿口嫩草
一排排的魚翩翩在其中流轉
它們不需禮讓可是
水永遠是活的

水族箱

丁威仁（1974-）

我沒有肺，卻打了一個衝動的呵欠
不需要肺也能生存的哺乳動物
這是一種超越性的
生命範式
反而是早晨清醒時，齒間
總是長滿青苔
一尾尾的魚從口中擠兌而出
然而我並不用刷牙
因為海是鹹的

・本詩選自《末日新世紀》詩集，文史哲版

金急雨

──仿李長青名詩〈金急雨〉

潺潺金黃
猶勝三月的燈節

耀眼，流動
生機勃發

水中的情意
溫馨又美麗

金黃熠熠
不忘怒放自我

金急雨

李長青（1975-）

燦燦流金
彷彿青春的燈火

熱烈，光明
年華如雨

雨中的世界
專注而忘情

流金燦燦
不斷思念自己

・本詩選自《黃色迷戀》選集，遠景版

訪　客

——仿鯨向海名詩〈懷人〉

我曾想起漫步初春的阡陌
一揮手就觸及你
爽朗，以及沁人的喜感
繼續滴答
那個燦然存在是最美麗的一瞬

懷　人

鯨向海（1976-）

我常幻想走在秋天的路上
一抬頭就看見你
巨大，而且懾人的美麗
不斷落下
卻又沒有一片要擊中我的意思

‧本詩選自《新詩三十家》，九歌版

怪　手

——仿孫梓評名詩〈怪手〉

在吾黯然就寢
光陰隨時取吾的夢寐
取走吾的五官及一切
吾不得不低下頭
細數掉落的碎片
與無聲的歎息

怪　手

孫梓評〔1976-〕

當我已然睡熟
時光便來拆卸我的夢境
拆卸眼睛乳房和陰莖
我只好彎下腰去
撿起悲傷的零件
和快樂的解體

‧本詩選自《如果敵人來了》詩集，麥田版

十分愛

——仿林德俊名詩〈幾分熟〉

麻雀同小狗一分愛
黑板同課本二分愛
老師跟罰站三分愛
手機和體操四分愛
電視和慢跑五分愛
玩具和背包六分愛
休息與戲耍七分愛
偷看跟鬥嘴八分愛
回家同晚餐九分愛
瞌睡跟熄燈十分愛

幾 分 熟

林德俊（1977-）

小孩跟皺紋一分熟
課本跟操場二分熟
靈感跟筆桿三分熟
你跟我目前四分熟
愛人跟浪人五分熟
寂寞跟群眾六分熟
自己跟自己七分熟
幻想跟作夢八分熟
＋號跟－號九分熟
原點跟終點十分熟

・本詩選自《現代百家詩選》，爾雅版

捨　棄

——仿林婉瑜名詩〈占有〉

薄暮側
那紫粉彩繪的楓葉
守候你
摟著婆娑恰似下墜的餘暉
守候你

吾在林邊以獨步之姿
偷窺山色
或許霧的輕揚　霧的節拍引人玄思
而時令已近黃昏
它捕捉近處茅舍的炊煙
而牛背牧笛漸息
還要遲來月光報到
讓它
隱沒
也罷

也罷十五的月影清澈
或許看不穿的　那寂寂的午夜
還在守候你

占　有

林婉瑜（1977-）

天空中
拖著長尾巴的風箏
是我的
飽滿得像蛋黃的橘色夕陽
是我的

邊開車邊用眼角餘光
瀏覽天空
因為雲的色彩　雲的蓬鬆偷偷感動
可夕陽漸漸低沉
要沒入遠方屋子的背面
可風箏漸漸低沉
像不甘願的流星搖擺
終於
墜落
幸好

幸好即將顯影的月亮
和即將清晰的　霧淡淡的星星
也都是我的

石　陣
——仿楊寒名詩〈雨林〉

吾的眼是一列尖尖的石陣
追撲永恆
卻月黑風急，是故
蒼朗大地俱

裂成碎片。

雨　林

楊寒（1977-）

我的肺是一座小小的雨林
因爲愛你
而日漸萎縮，以致
整個世界都

不能呼吸。

·本詩選自《與詩對望》詩集，創世紀詩社

洞

──仿陳思嫻名詩〈洞〉

吾在洞內探訪他一舉一動所傳達的新訊息
在洞內看他怎樣遐想
仿他走過的奇徑，並撲捉新趣
吾在洞內畫他左思右想神情，
在滿佈灰塵亂石雜草等等的當下
吾自牆緣窺見攀爬的淺淺腳印，想他喘息的瞬間凝定
於是吾繼續收集所得，把它們一一拼貼歸類
而洞外的世界究如何（吾想著怎可能對比內外的風景）
吾悄悄停止前進，突然覺得悵然若失

吾拔腿向外飛奔並不察那是圈套，取下老花眼鏡
立即墜入另一料峭的深坑

洞

陳思嫻（1977-）

我在洞裡欣賞你每天上班途中瀏覽的風景
在洞裡讀你的床頭書
背下你闔眼之際，催夢的詩句
我在洞裡看你早晨對鏡漱洗，
在栽滿鬍子的小田園噴灑白色泡沫
我從鏡中看見被折射的刮鬍刀，在你虛幻的臉龐收割
然後你戴上眼鏡出門，我在洞裡隔著玻璃鏡片
看你逐漸扭曲的世界（我的視力和你的眼鏡無法對焦）
我跟著你走出去，卻在洞口扭傷了腳

我走著走著從你設下陷阱的凝視，跌入你的眼瞳
一如掉進引力強大的黑洞

・本詩選自《2006台灣特選》，二魚版

蠅量情書

——仿楊佳嫻名詩〈蠅量情書8〉

我唸著織女星
每年七夕俱與鵲鳥相會
因為太激動
那純情的男人啦
總是踩著深夜星空
她們娓娓側身
為未來占卜

蠅量情書8

織女星緘默著
許多鵲鳥因為等待架橋
而開始瞌睡
那疲憊的男子啊
牽著整座夏日星圖
還在城市深處
向街燈問路

· 本詩選自《新詩三十家》，九歌版

我搗碎我的韻律
——仿秦姍名詩〈我打凹我的句點〉

我搗碎了我的韻律
彼傾斜著肩膀
雙手插腰似乎把莊子殘篇
一骨碌的落葉扔出
令它的形軀遠遠近近
他調戲了我

噢吾愛
彼的突兀風采真帥氣
一筆一劃把人世間彩繪
其實所有修辭都是虛飾的
還需要大聲好好朗讀你的逍遙遊
方塊阡陌任我趴趴走
管它什麼肌理與節奏
我絕對相信
不論平平仄仄
沒有所謂最大的辭海
我搗碎了我的韻律

我打凹我的句點
——訣別曲①

我打凹了我的句點
它流淌著鮮血
瞪著兩顆碩大充血的眼球
彷彿有很多話要說
在它憤怒的眼瞳之後
我邂逅了你

親愛的
你以飄然的姿態出現
柔軟我僵直石化的臂膀
沒有 一句話念起來像夏天
你口中卻吐出一朵朵盛開的玫瑰
舞動極爲肉慾的樂章
不斷撩撥下一個預言
我意亂情迷
不停舞著芭蕾
陷溺於海市蜃樓之中
我打凹了我的句點

・本詩選自2004年10月《創世紀》第140-141期

偽敘述

——仿曾琮琇名詩〈偽敘述〉

很多冰層在北極冷冷的開裂
很多槍械待領，暫放海關
倉庫裡，很多不捨混雜的慾望
十分昂大的事件，渲染
那難解的話題
（如果「罪比愛更酷」或是隱匿）
很多難以界定的法理，總是
敲擊著未來。很多
很多啦，與夫特別氣候
爆發的怨

很多：存有
有關存有絆住人類
無法敵擋，但是我或許如你的願
絕對的例外

偽敘述

曾琮琇（1981-）

還有火山灰徘徊在他國領空
還有郵件待回，牙膏擠在
牙刷上，還有緩慢流動的殘念
敘述困難的情節，簡單
而曲折的詞語
（比如「愛比死更冷」或者其他）
還有無法成形的對話，無法
開始的明天。還有
還有你，以及那片烏雲
流下的淚

還有：生活
繼續生活彷彿我們
未曾遇見。這是我所能為你作的
最後的努力

．本詩選自《現代女詩人選集》，爾雅版

意　象
——仿陳允元名詩〈意象〉

沉思夢想
登玉山
奇遇你在那裡
惟有脫光光
跳崖

意　象

陳允元（1981-）

便祕的人
蹲馬桶
意象仍無下落
只好放個屁
就走

・本詩選自《孔雀獸》詩集，自印

彩　虹
——仿潘家欣名詩〈彩虹〉

大晴天
我到那去找彩虹呢
藏在胸臆

雙臂或許用力過猛
不然怎不知已進入初冬

彩　虹

雨停了
我把彩虹捲成一團
塞在懷裡

手臂因為裸露在外
預先感知了第一道春寒

・本詩選自《現代女詩人選集》，爾雅版

履歷表

——仿謝三進名詩〈履歷表〉

不是夢到童稚歲月
那個綠茵如雨孫家灣

雖是陽春三月
桃柳夾岸，燕子兩兩三三
十分自得而稚氣

我曾經邀約三五玩伴
大夥兒一塊：「管它天晴
下雨……」總是
在池塘戲耍裸泳

每天清晨，上私塾第一課
是集體磨墨
有時不小心，墨汁滿天飛
把我濺成了大花臉
老師的板子吱吱大叫
那一個敢不唯唯諾諾——

現在回想起來
那泥巴歲月
的確是一生的福份
如沒有那一段的磨難
我想也就沒有今天的我了

履歷表

謝三進（1984-）

必然想過停下腳步
在此罕有人跡的途中

尤當心如莽花
傍晚野死，費心堆疊只是
與世無涉的卑微

屢經這樣猶疑的片刻
也私心盼望：「倘若有雨
及時……」或許
能有不同的人生

僅一瞬間，也曾瞥見前人
渺遠的背影
或負筆若槍，或刻字爲花
想起了最初的感動
文字曾掘此心爲湧泉
那是所有歷程的濫觴——

曾經停下腳步
夜黑如密謀
仰望寧定的星眨眼
承接一個渺遠的眼神
揣想一趟無須熱鬧的壯遊

・本詩選自2013年12月《創世紀》第177期

大　雪
——仿崔舜華名詩〈驚蟄〉

半掩門扉
一寸光陰靠著我的右臂膀
寒氣一點一滴層層逼進
門前池塘變廣場

大雪紛飛蒼茫一片
吾微覺著，天地豁達開朗
於是緊閉南窗
想起那年，咱們穿梭在布拉格的雪雨中
導遊探詢我們感覺冷嗎：
那座椅，某些街坊
統統被白雪緊緊摟著

我欣喜若狂，並
燦然回答
我已經許久未曾戲逐這樣的暴雪
驚喜與讚嘆
正深深啃咬著我
寒假遠遊，極目四顧
歲月無塵，讓雪書寫成帖
二月，你是深夜教人不寐的桃花源

驚　蟄

崔舜華（1985-）

關上窗時
一點時間沾附在手掌邊緣
水晶螞蟻熱心交換步足
群聚以爲一小窪

雨後餘光留你指認
我老之後，有人走入房間
隨手拉上窗簾
三月中年，是一對蜢綠夾克的異邦兄弟
站在你的門前問話出聲：
那條路，那里野地
那只銅繡雕花舊信箱

你表現拘謹，或
慷慨回應
也就是這世界僅能給出的所有
慷慨與拘謹
你經過一處巷口
晚春濕溽，構成迷宮
青苔不言，使綠自成蹊徑
五月，你是黃昏悄悄綻放的桐花林

・本詩選自2013年6月6日中國時報《人間副刊》

月　亮
——仿崔香蘭名詩〈月亮〉

沒有底部的黑夜
似一口大缸
跟著
吾的戀就卜通卜通的跌了下去

快上鉤

（哈里路亞）

月　亮

崔香蘭（1985-）

暗瞇摸的夜被你
挖了個大洞
然後
我的愛就咕嚕咕嚕掉了進去

照亮你

（唉呦威呀）

· 本詩選自《虹》詩集，夢幻仙境版

光 頭 詩 僧

—— 仿若斯諾・孟名詩〈赤腳舞者〉

他覺得人間當下似乎滿載著情意
輕緩的放鬆自我，捲起衣袖
一切欣欣然如昔

他突兀狂奔

他穿越一排又一排無所事事的潤葉樹林
見證了各種不同的謠言和風雨
偶然間書寫一行絕句
以素描他心儀女子的華采
嘩嘩嘩的對準兩邊牆上

他的頭彩繪五顏六色的天空
標誌著一帖都市的絕學
他蹲在地下
他躲在街口
他神情冷默
他氣息幽微
他無言的走了

赤腳舞者

若斯諾·孟（1988-）

她發現這個世界上已經沒有愛了
快速的解開鞋帶、脫掉鞋子
鞋子飛離了城市

她開始旋轉

她經過了一個一個跑馬燈式的公車站牌
旋轉著每個模糊幽靈般的面孔
自動書寫出一首情詩
像刮著她心愛男人的鬍子
刷刷刷地留在柏油路上

她的腳打散一朵鮮紅的玫瑰
劃出了一道鮮紅的傷口
她跌坐下來
她攤在路上
她面容朝下
她呼吸微弱
她應該死亡了

·本詩選自2009年12月《創世紀》第161期
　獲創世紀55週年詩創作獎

寫給鋼琴

——仿林禹瑄名詩〈寫給鋼琴02〉

假如一隻鳥並非離開樹
並非落寞並非
斷了一隻翅膀

吾是想可不可以留著音響
當他走過了漫長冬季
或者如鐘擺燙平那難忘的一秒

寫給鋼琴02

林禹瑄（1989-）

如果一隻蟬不是落在窗台
不是啞了不是
跛了一隻後腳

我還能不能繼續這個音階
當你攤平了整個夏天
如玻璃錶面等待我失足的瞬間

．本詩選自《那些我們名之為島的》詩集，角立版

考　古
——仿阿海名詩〈考古〉

深褐常常比原物眞實
但時間累積滄桑與交錯
如何能解脫

瞧！……
看那重重疊疊的
斑剝和蒼鬱的古器；
即使目光如炬行千里
又有啥用途……

考　古

阿海（1992-）

灰燼往往較肉身爲重
因爲愛慾愁恨及其廢物
沉積了太多

看！……
我那層出不窮的
粗礪而深色的歲月；
有幾顆琥珀色的眼淚
凝固於此了……

・本詩選自2013年12月《創世紀》第177期

賞析：

攀登戲仿詩的高峰　　　張　堃

── 讀張默編著《戲仿現代名詩百帖》並略談戲仿詩的創作

　　張默每有新書問世，都必定吸引廣大讀者的注意，興起熱烈的迴響；這樣的反應，必須從作者其人其詩去著手。詩人張默不僅是老牌詩社《創世紀》的「火車頭」，他本人性子急，動作迅速，做事明快果決，加上點子多又不落入空談，劍及履及，在詩壇更有「行動派」之稱號。我強調這些眾所周知的事，乃是想說明他全身灌注在詩的事業，挖空心思、推陳出新的心血結晶，怎不令愛詩人驚豔呢？

　　近年來，我常有機會回到台北小住數日，去年夏天，我數度應邀去張默位於內湖的寓所做客，親眼見證了他以毛筆製作手抄現代詩長卷的浩大工程。他每日定時在餐桌上攤開宣紙，花了整整四個月時間，鎮日孜孜不倦地用毛筆抄寫現代詩人的名篇名句，共二百位詩人的作品，參考了大約七十種新詩選集，四十五種個人詩集，約九百首詩，其精神毅力實在令人動容。我忽然想起詩人瘂弦戲稱他是「渾身帶電的人物」，信哉。而今張默趁手抄長卷的餘緒熱力，推出前所未有的全以戲仿詩為專集的《戲仿現代名詩百帖》，肯定是台灣詩壇的一大盛事。

　　論說戲仿詩，首先當從「仿詩」說起，二者之間看起來語意近似，實則概念不同，有必要稍作澄清。「仿詩」是一種有別於抄襲的借用、模仿古今詩作，大致上根據題旨、意境、謳歌或批判對象，甚至平仄押韻，都照著原作造句而成。這類文體通常在初學階段的學生之間比較常見，在詩詞

啟蒙時期，仿詩的練習，被視為一種手段，過去仿寫得最多的，恐怕要算冰心的〈春水〉了。

> 只是一顆星罷了！
> 在無邊的黑暗裡
> 已寫盡了宇宙的寂寞

有時仿詩也會遇到善仿之手，一位初學的習作者按照格式，這樣寫著：

> 只是一封信罷了！
> 在薄薄的紙上
> 已道盡了濃厚的情誼

陳黎有一首壓尾韻的小詩〈房子〉，被一位不知名的年輕習作者模仿得似乎更勝一籌。另外，席慕蓉的〈七里香〉、鄭愁予的〈錯誤〉、吳晟〈泥土〉等都常被當成範例來仿效。

「戲仿詩」（Parody）又稱諧仿詩，也有打油詩的意味存在。大體上以非仿作（習作），是詩人在自己的作品，對古今特定人物的作品進行字詞借調、轉換和移位，但保持不變的字數與形式，以達到調侃、嘲弄、訕諷、娛樂遊戲之目的。然而也有許多戲仿詩作，不僅詼諧有趣，更充滿正經嚴肅的氣息。今逐字逐句通讀張默的《戲仿現代名詩百帖》之際，時光可能要拉回到三十年前，他發表〈戲繪詩友十二則〉，斯時似乎就已經預告了這冊新集的誕生。戲仿詩從字面上來看，自然要表現出對所戲仿的詩人與詩，熟口熟面，瞭若指掌，並務求拿捏得宜而達到雅俗共賞的效果。有許多年輕的寫詩朋友，傾向後現代，也有類似戲仿詩的詩文出現在各種詩刊上，九〇年代中期之後，網路興起，尤其

是貼文在BBS（電子佈告欄）上發表。但是，那些戲仿（即KUSO，帶有濃厚的戲謔、搞笑意味），並具解構與顛覆的本質。這個由日語轉化而來的流行文化，在我看來，如果沒有創意，就不過是一堆KUSO而已，毫無價值可言。陳黎也寫過戲仿詩，他寫的「再生詩」仿自鯨向海的作品，甚至根據辛波絲卡、聶魯達譯詩仿製而成的詩洋洋灑灑數百首。究竟這些作品有無延伸性，有無詩意、詩趣，概不在討論範圍之內；只是彰顯張默的戲仿詩確實有別於時下的KUSO作品而已。

張默的事業在詩，他的轄地在詩壇，編過的詩刊、詩選，認識的詩人，讀過的詩不計其數，加上本人豐厚的文采，所以在短時間內寫一百三十四篇詩作而集結出書，雖屬不易，但也不感到驚訝了。

張默戲仿的詩人與詩作從覃子豪〈追求〉（探索）到林禹瑄〈寫給鋼琴2〉（寫給鋼琴2）共一百三十四位，一百三十四首詩，可謂詩壇的重要詩人名篇盡出。有人不免會問，這些維妙維肖又詩趣橫生的戲仿詩，會不會搶了原作的風采？我的看法是各有妙趣，各有各的好，不用太過細究。茲舉一個著名的例子：宋代大文豪蘇軾才高豈止八斗，轉益多師，曾大量模仿、借用過前期詩人陶淵明、王維、白居易、李、杜、韓、孟諸家的詩句，有的甚至整句一字不易地搬來，也根本無損個人在詩史的地位。

有台灣「詩的播種者」之稱的已故詩人覃子豪的名詩〈追求〉，大家耳熟能詳，讀者可以體會的是，一個偉大的靈魂，跨上了時間的快馬，飛逝如電，但從未停止發光發熱，對正面人生及未知，保持永恆的追求。張默一詩〈探索〉雙關，巧妙抒懷，同時向前輩詩人致敬。

　　大漠裡的蒼鷹
　　猖狂猶若壯士之斷腕

一匹雲划過去
向幽渺的遠空

靜僻的暗夜
大風來唱歌
在時間的額上
一個傲岸的長者
鞭策著滄浪的野馬

　　能夠掌握戲仿詩的形式，當然是第一要務；字面背後的
內涵的發現，才是另寫新章的原意。越是經典名作，無論
再樸直、單純，越是難以下筆。譬如林亨泰的名作〈風景
2〉，張默便以神來之筆，勾勒出與原作形式風格近似，予
讀者的靈思聯寫，卻各有千秋。試看：

木麻黃　的
彼端　依然
木麻黃　的
彼端　依然
木麻黃　的
彼端　依然

可是阡　還有陌的眺望
可是阡　還有陌的眺望

　　名詩的戲仿難在既要寫出原作現成的特色，就像漫畫一
樣，又要使自己的意見充分表達；設若如一張影印機印出來
的影本，就完全失去意義了。季紅早年的一首叫好的出色小
詩〈鷺鷥〉，經張默妙筆一揮寫了〈黃鸝〉，神似之處，的
確讓人會心一笑：

在月升時
尚未回巢的一隻
黃鸝。
在不太喧鬧的晚上
　　在近處的一聲
　　　　　催促。

恍如一幅潑墨
在安靜的，意猶未竟的
　　　對視中

（一種祕笈）。

　　有時他根據自身的觀察與體驗，將原詩做某些程度的變
奏，就算是一首超現實的嚴肅作品，詩中充滿驚心動魄的意
象，還有一些可怖的幻影，張默也一樣揮灑自如。洛夫在
1966年發表，多年來被許多大專院校學生經常作學術評論的
〈沙包刑場〉，由張默戲仿為〈雀榕再見〉呈現出另一幀超
現實的風貌：

一隻隻鷺鷥自斜陽中飛了出來
放眼水上
傾聽城外還有人高聲獨唱
自我的輓歌

橫躺在巨石上的一株雀榕迎風起舞
一幀蒼茫的臉
從天際滑落

　　相反對應的題目，作者用舉重若輕的靈思手法，把周鼎

的虛無，從〈終站〉延伸到〈起點〉，並添加了周鼎的性情特質，兩相對照，引人沉思。

　　暢哉

　　放浪於最初的狂想
　　用一帖米芾
　　用一帖酒

　　用泡沫

　　讀隱地的四行小詩〈瘦金體〉，一對胖瘦不搭配的男女影像，如一段實驗電影向我放映，突兀的對比，本欲開懷一笑，看到後二句「骨肉相連的風景／想是一首宋詩」，又心生同情。相對於屬於楷書類的瘦金體，張默以風格迥異的米芾行書〈米芾體〉爲題，進行戲仿，別有情趣。

　　瘦削的仕女
　　當年老色褪之際偶然撞見了非常別緻米芾體的異性

　　誰非誰是的彩墨
　　推著一帖小令

　　女詩人寫感性詩的多，寫知性詩的少。寫知性詩較多的朵思寫的抒情詩〈暗房〉，更耐人尋味，讀後留下低迴的空間。張默仿照體樣，將「進來」與「出去」的反差，在〈花屋〉一詩中，巧妙地以「香」代「光」：並以「稻香九里、柳暗花明」來襯托〈暗房〉的眞正題意。

　　不可讓香飄出去

不可讓香擾亂周邊氣氛
這兒要綻放出某些燦爛爽脆的喜樂
這兒邁出去的路是稻香九里柳暗花明

　　詩人的作品、風格、形式，常有一定的傾向，碧果的詩獨樹一格，似可稱之為「碧式體」，由於字句排列的慣性，模仿較易，但易學難工，正所謂學得皮毛，不見骨肉。另外一位特立獨行的詩人管管，他的詩也具有明顯的特點。張默寫三行詩〈髮〉對應碧果的〈山〉，也寫四行詩〈開窗〉對應管管的〈推窗〉，均深入詩中探得神髓。

髮

俺的確醉倒
那樣一根絲

飛。

開　窗

開窗
花香四溢
眾樹狂草鶴立
想升天嗎

　　白靈的詩多半寓意深遠，在文字上至為簡約又不見斧鑿痕跡。他的一首精美小詩〈清晨〉由張默仿寫題曰〈黃昏〉，雖題目不同，但在寥寥數行中，即能勾勒出一幅清麗自然的小品畫，與原詩相映成趣。

炊煙在插畫
一帖典麗的絕句
沿著翠竹
等蟹爪花
　　　月
落

　　詩人創作，寫景、詠物或側寫心儀古代名士，常將感情置於景、物、人之內裡並與之重疊。陳育虹的〈夜讀清照〉，寫的是詞人李清照，其實也是寫自己說不清的憂愁。張默據此亦仿製〈晨寫陶潛〉，人物不一樣，寫自己隱身山水的嚮往，意圖則同。

他仰首
掃描一下五柳和
樹間燦動的，前晚的
斷句

也許那難以追踪的
雪的腳印
（如落英餵飽大地）
何妨讓他早讀

　　小詩精簡，情真意遠，加上奇思玄想，有獨創性，一定令人印象深刻，寫得更出色者，就有可能成爲經典，在坊間流傳。夏宇的〈甜蜜的復仇〉問世已超過三十年，至今仍傳送不止，是一首無人不知的五行小詩。這首詩由張默仿寫成〈苦澀的喜悅〉，直探隱密意象的深層，讀來可知張默當年眼光如何犀利，發現一顆明星。

讓他的雙睛戴墨鏡
在暗中
相思

哼著小調
揮毫

　　戲仿詩不論長短，如果不能掌握住原詩特點、感覺、情趣及氣氛，必定無功而返，無法將眾多詩人的作品一一寫出。以瘂弦的一首無人不知、無人不曉的名詩〈如歌的行板〉為例，張默仿以〈非夢的小調〉，在二十行的詩裡，一連以十八句「一剎」替代「必要」，最後生花妙筆一揮——「…………耶穌在昊昊的青空／薔薇在薔薇的懷裡」，任誰都看出瘂弦的身影。

　　前面談到「戲仿詩」究竟會否喧賓奪主，搶了原作的風采？我覺得不會，現再舉一例做為這篇小文的結尾。大家都知悉唐代詩人崔顥作〈黃鶴樓〉在先，李白寫〈登金陵鳳凰台〉在後；二詩各有千秋，儘管在李詩中多處看到崔詩的影子，如「鳳凰」與「黃鶴」飛去，皆引起虛空之感慨，後句「長安不見使人愁」相對崔詩「煙波江上使人愁」似乎相近，以大詩人李白的才氣，斷不致刻意模仿，但影響恐怕也是會有的，然而，他們的藝術格局、成就，在歷史上各有定位，互不逾越。如此可證，原詩的光芒不會被遮掩，他們始終在閃爍著，並且將一直發光發亮下去。而環顧詩壇，以「戲仿詩」論，《戲仿現代名詩百帖》已然攀登戲仿詩的高峰。

後記：

延伸名詩突兀虛實之美

　　去年六月，我忙於「抽象水墨畫」之餘，以八十三之齡竟然大開「戲仿當代名詩」的念頭，從三行到二十行的短小詩作，均在戲仿之列。就我記憶所及，當代優異精短詩篇的確可觀，難以一一細說。

　　於是，在往後三個多月，我每天的腦海裡不斷徘徊的總是那些風格特異的名詩倩影，從而開始邀遊戲仿的創作。自覃子豪的〈追求〉到阿海的〈考古〉，雖然我的戲仿，並非全然把原作搬過來，但原詩的整體架構、每一行每一句，以及重疊對仗字語……，我都絕對的尊重，希望能仿得維妙維肖，尤其是感覺、氣氛、情趣，一定具有某些特別體悟與所得，且以精實確切的語言，把它們所蘊含的奧祕潺潺無私的傾出。

　　基本上，仿詩或許就是原作的再版，但個人因密集戲仿眾多名篇，自有若干不吐不快的心得，特抒發如下：

　　首先，全書共得仿詩一百三十四首，其中約有半數以上是引用原作的「詩題」，諸如羊令野〈蝶之美學〉、林亨泰〈風景〉、商禽〈眉〉、向明〈冷〉、瘂弦〈如歌的行板〉、白萩〈廣場〉、吳晟〈泥土〉、席慕蓉〈一棵開花的樹〉、蕭蕭〈鹿港九曲巷〉、簡政珍〈祕密〉、陳義芝〈夜讀記事〉、羅智成〈原野之房間〉、楊澤〈煙〉、嚴忠政〈微雨之丘〉、曾琮琇〈偽敘述〉……，全書借用作者原題，我的戲仿自應採取多角度深入的觀察，儘量與原作保持適當的距離，希望臻至另一種深摯的延伸與獨有的感覺。

其次，本人仿詩與原作常常採取正反相對的立場，例如以〈鷹的放歌〉對〈狼之獨步〉（紀弦），〈飽滿〉對〈空白〉（吳瀛濤），〈閒愁〉對〈錯誤〉（鄭愁予），〈白衫客〉對〈黑衣人〉（楊牧），〈觀硯飛句〉對〈臨池偶得〉（羅青），〈致歷史〉對〈給時間〉（沈志方），〈絕響〉對〈破靜〉（萬志爲），〈苦澀的喜悅〉對〈甜蜜的復仇〉（夏宇），〈暗戀〉對〈凌遲〉（須文蔚），〈幾分熟〉對〈十分愛〉（林德俊），〈石陣〉對〈雨林〉（楊寒）……等等，是故每首仿詩，對其完稿的脈絡、理趣、虛實、歧異、節奏……，均在在強烈顯示與原作大異其趣。

其三，仿詩以十行以內小詩爲對象，佔全書份量極大，諸如季紅〈鷺鷥〉、錦連〈嬰兒〉、管管〈推窗〉、丁文智〈只想〉、隱地〈瘦金體〉、朵思〈暗房〉、夐虹〈雲〉、愚溪〈摧破煩惱〉、白靈〈清晨〉、渡也〈雨中的電話亭〉、落蒂〈俄傾〉、許悔之〈在時間靜止處〉、利玉芳〈孕〉、方群〈墓〉、李進文〈都市流浪者〉、鯨向海〈懷人〉、楊佳嫻〈蠅量情書〉、紫鵑〈21世紀莫內畫菊〉、陳允元〈意象〉……，尤其不能浪費一字，否則怎能對得起小詩。

其四，還有其他難以歸類的，如洛夫〈沙包刑場〉、余光中〈空山松子〉、辛鬱〈體內的碑石〉、碧果〈山〉、李魁賢〈沙漠〉、葉維廉〈酊紫薰衣草田〉、岩上〈杯〉、林煥彰〈十五‧月蝕〉、許水富〈秋天宣告獨立〉、鴻鴻〈演講比賽〉、唐捐〈銬在一起〉、汪啓疆〈日出海上〉、陳育虹〈夜讀清照〉、向陽〈回答〉……等，這些原詩都各有所本，本人創作絕不墨守成規，曾再三苦思狂想，盼能以個人獨門絕技，以各種不同形式仿出，使其與原詩霍霍構成既和諧又對立的矛盾體。

至於如何詳述對每一首仿作的經過，那是絕不可能的事。詩是藝術之奧祕，是一種心領神會的偶然！相信愛詩人

接觸這樣戲仿當代詩的詩集，還需要筆者畫蛇添足去解說嗎？讀詩的喜悅完全操之在個人，那麼請你逕自開懷去眉批這冊仿作吧！

十分暢然，特約三位好友魯蛟、張堃、羅任玲為本書撰寫序評，各有精湛不凡的視點，清晰界說，盼大家以極「喜樂的心情」，為他們的卓見鼓掌。

這是本人破天荒完成的首部戲仿詩集，有一本已足夠，本人現在宣布：「戲仿詩」可一不可再，今後不再從事。

總之，不論這部戲仿詩集是浪花，是落葉，是閃電，或者是過客，我都以它為榮。我深信個人仿作一定會灰飛煙滅，但本書中收錄的一百三十四首原詩，至少會有若干，它們會在新詩的大海中鼓浪前進，朗朗向歷史宣告：「好詩永存，它會被時間之神摟著緊緊不放。」

最後，特別感謝九歌出版社陳素芳總編輯，鍾欣純責任編輯的精心編校，使它得以如此雅典的面貌與愛詩人見面！

哈里路亞！

張　默　2014年6月下旬於內湖

九歌文庫 1170

戲仿現代名詩百帖

編著	張　默
責任編輯	鍾欣純
創辦人	蔡文甫
發行人	蔡澤玉
出版發行	九歌出版社有限公司
	臺北市八德路3段12巷57弄40號
	電話／25776564傳真／25789205
	郵政劃撥／0112295-1
九歌文學網	www.chiuko.com.tw
印刷	晨捷印製股份有限公司
法律顧問	龍躍天律師・蕭雄淋律師・董安丹律師
初版	2014（民國103）年10月
定價	**320元**

書號	F1170
ISBN	978-957-444-962-0

（缺頁、破損或裝訂錯誤，請寄回本公司更換）

國家圖書館出版品預行編目(CIP)資料

戲仿現代名詩百帖 / 張默編著. -- 初版. --
臺北市 : 九歌, 民103.10

　　面 ; 　公分. -- (九歌文庫 ; 1170)

　ISBN 978-957-444-962-0(平裝)

851.486　　　　　　　103017152